喫茶探偵 桜小路聖鷹の婚約

釘宮つかさ

illustration:
みずかねりょう

prism bunko

CONTENTS

喫茶探偵 桜小路聖鷹の婚約

【1　厄介事はウィンナコーヒーとともに】

――金曜日の午後。

地下鉄駅の階段を小走りに駆け上がった山中咲莉《やまなかひらり》は、地上に出るなり、雲の切れ間から覗く涼しげな青空に迎えられた。

街中に降り注ぐ陽光の眩しさに思わず目を細めて、一瞬だけ足を止める。

すぐに再び歩き出すと、通行人の邪魔にならない程度に小走りをしてアルバイト先へと急ぐ。

桜の見頃が終わったばかりの大通りには、多くの人が行き交っている。

暑くも寒くもない心地いい風に頬を撫でられながら、有名百貨店やハイブランドの本店が並ぶメイン通りを一本奥の道に入る。

ぽつぽつとまばらに人が歩く様は、表通りとがらりと空気が違う。

そんな、百貨店の裏通りにある、古くも新しくもない商業ビルの一階。

ガラス張りの風除室の奥。エレベーターホールを通り抜けた奥まった場所に、よく探さなければ気づかないような看板が出ている。

『欧風珈琲《コーヒー》喫茶 クイーン・ジェーン』

看板の下には、店名の文字よりも大きな注意書きの張り紙があった。

『※ご注意※　各種コーヒー以外のドリンクメニューはございません』

そしてその下にもう一枚『店内に猫がいます。苦手な方は入店をご遠慮ください』と追加の文言が張られている。

咲莉は数段の階段を下りて、半地下にある木製の扉を開ける。上部にステンドグラスがはめ込まれた扉にはベルが取りつけてあり、チリン、と小さく涼しげな音を立てた。

控えめなクラシック音楽が流れる店の中に入ると同時に、街の喧騒が更に遠くなる。同時に、ふわりと珈琲のいい香りに包まれた。

暖色系のライトに照らされた店内には、アンティークな家具が据えられ、壁には印象派の絵画が、本棚には外国語の本が並んでいる。

まるで、一瞬で別の国に迷い込んだかのようだ。

「おはようございます、店長」

咲莉が声をかけると、カウンターの中にいた人物がこちらに顔を向ける。

「おはよう、山中くん」

咲莉に笑みを向けるのは、この店の店長兼オーナーでもある桜小路聖鷹《さくらこうじきよたか》だ。

一八〇センチ以上はある長身に白いシャツと黒いベスト型のエプロンを着て、臙脂色のネクタイを締めている。

聖鷹の艶やかな髪は茶色で、一見、外国人にも見えるような彫りの深い端正な顔立ちをしている。一言で説明するなら、人間離れした美貌の持ち主だ。

カップに淹れたての珈琲を注ぎながら、彼が口を開く。

「今日も早く着いたね。いつも言っているけど、四限目まで講義がある日は多少遅れても大丈夫だよ」

そう言われて凝った作りの掛け時計を見れば、アルバイトに入る十七時まではまだ三十分近くもある。気が急いて、汗をかくほど走ってきた自分が恥ずかしくなった。

「ありがとうございます。でも、なんだか早く着いてないと落ち着かなくて……」

聖鷹が手を動かしながら、ちらりとこちらに目を向けた。

「山中くんは本当に真面目だね」

感嘆するように言って小さく口の端を上げる彼に、咲莉の心臓の鼓動はぎゅんと跳ね上がった。

毎日のように会っているというのに、どうしても慣れることができない。尋常ではない彼の美しさに、咲莉はつい目を奪われてしまう。

咲莉は聖鷹の顔が好きだ。おおらかで遅刻くらいでは少しも怒ったりしない優しい性格も好ましいし、何にも増して、神様に愛されたかのようなその容貌の美しさに見惚れてしまう。

いえ、そういうわけでは……、などともごもごと口の中で呟きながら、背中からリュックを下ろす。実は、単に早く彼の顔が見たくて、こうして急いで店に来てしまうのかもしれないなどとはとても言えない。

顔が赤くなる前にと、美貌の店主から急いで視線を外し、さりげなく店内を見回す。

窓際の棚の上にあるお気に入りの籠ベッドの中で、白い猫が熟睡しているのが見える。

クラシックな雰囲気の店内には、二人掛けのテーブルが四つと四人掛けのテーブル席が一つ。そして、一人掛けの席がカウンター前と窓際に二か所ある。すべて埋まったとしても二十席と少しという小さな店だ。

現在の客は計五人。そのうち三人が顔見知りで、定期的にやってくる常連客だ。

聖鷹が淹れる珈琲はチェーンのコーヒーショップとは香りも味わいも別格だというのに、宣伝の類いをいっさいしていないせいか、この店は混雑には無縁だ。いつもよくて八割程度の入りで、咲莉がバイトをするようになってから、満席になったのを見たのは数えるほどだ。バイトの身としては経営は大丈夫だろうかと不安に思うところだが、店主の聖鷹はいっこうに気にする様子はない。

「俺、着替えてきますね」と言い置き、咲莉はカウンター脇のバックヤードに繋がる木製の扉に手をかける。

「あ、ちょっと待って」

聖鷹に呼び止められて、「なんですか?」と足を止める。

「こんなに早く着いたならまだ何も食べてないよね?」

咲莉が頷くと、屈んだ彼がカッティングボードから皿に載せたのは、彩り鮮やかなBLTサンドだ。自分の分と二人分作ったようで、その半分を皿に取り分け、トレーにマグカップとともに載せる。マグカップの中身はたった今彼が淹れていた珈琲で、渡す前にミルクをたっぷり注いでカフェオレにしてくれる。

「はい、着替える前に少し食べておきなさい」

「わ、あ、ありがとうございます」

どうやら、もうじきバイトに入る咲莉のために、わざわざ用意していてくれたようだ。びっくりして、あたふたしながら受け取る。

「おなかすいてたんで嬉しいです」

「ついでだから気にしないで。今お客さん少ないし、そこ使って大丈夫だから」

彼がカウンター前の席を示す。

「すみません、じゃあいただきます」と言ってありがたく座り、手を合わせてから、咲莉は急いでサンドイッチにかぶりついた。

聖鷹が作ったBLTサンドには、スクランブルエッグにトマト、こんがり焼いたベーコンとシャキシャキしたレタス、そして刻んだ玉ねぎが入っていた。夕方になる前に売り切れる近くの店のライ麦パンは、軽くトーストしてある。この店にサンドイッチメニューがないのが惜しいくらいに美味しい。

バイトを始めたときは、まかない付きという話ではなかった。けれど、店長の聖鷹は、大学の講義が終わるなり急いでやってくる咲莉のために、いつからか、何かしらの食べ物を用意してくれるようになった。

だが、よほど店が暇でない限り、こうして着いてすぐに勧められるようなことはめったにない。

(もしかして、今日は昼休憩がなかったってわかったのかなあ……)

今日は二限目の終わりに、気になったことを教授に質問しに行った。すると、近頃は質問する学生は珍しいと喜ばれ、かなり詳しく時間を割いて説明してくれた。礼を言ったあと、三限目の講義場所が別棟だったことに気づき、急いで移動したものの、昼食をとる時間がなくなってしまったのだ。次の休憩時間に持参したおにぎりを一つ食べたけれど、もうすっかり消化してしまって空腹だった。

驚くほど勘のいい聖鷹に、凡人の咲莉は何も隠せない。

どうしてわかるのか見当もつかないけれど、たとえ隠そうとしたところで、彼にはすべてのことがお見通しなのだ。

頬を膨らませてもぐもぐと食べていると、客のテーブルにお冷やを注ぎに行き、戻ってきた聖鷹と目が合う。

にこりと笑った彼に「山中くんは本当に美味しそうに食べるね」と言われた。

「だ、だって、すごく、おいひいので」

口の中のものを急いで呑み込みながら、咲莉は声を潜めて答えた。

「それはよかった。作りがいがあるよ」

カウンターの中に戻り、ピッチャーにミネラルウオーターを注ぎながら、彼は上機嫌のようだ。

聖鷹と初めて会ったときは、あまりに抜きんでた容貌とスタイルに驚いた。実は今、ドラマの撮影中で、彼は俳優なのだと言われたらすんなり納得しただろう。

聖鷹は、関東郊外の田舎町育ちの咲莉にとって、間違いなく、生まれてから会った中で一番かっこいい人だと思う。

そんな、超絶イケメンな上に優しい店長と、美味しい珈琲にまかない付き。時給も、この辺りの相場から考えると、好待遇すぎるくらいもらえている。

――こんなにいいところでアルバイトさせてもらえるなんて、もしかしたら、一生分の運を使い果たしたかもしれない。

頭の中で神様に感謝しながら、急ぎ気味にサンドイッチで腹を満たし、カフェオレを飲み干す。聖鷹にまかないの礼を言って食器を片付ける。たった一人のアルバイトである自分が来るまでの間、彼は店に出ずっぱりだ。だから、少しでも早く店に出て、休憩を取ってもらいたい。

バックヤードの細長い間取りをした倉庫兼事務所を通り抜け、その奥の部屋に入ると、リュックを棚に置き、手早く店の制服に着替えた。

咲莉は現在、わけあって八畳ほどのこの部屋で寝泊まりをさせてもらっている。あらかじめ聖鷹が用意してくれたベッドと机があり、光熱費は無料。大学とバイト以外の時間を過ごすにはじゅうぶんな場所だ。

店のバイト用の制服は、白いシャツに黒のベストとスラックス、それから臙脂色の蝶ネクタイというクラシカルな格好だ。

着替え終わると、バックヤードにある鏡を覗き込み、ぼさついた黒い髪を直す。

鏡の中には、一七〇センチ足らずで、少し困ったような顔の青年が映っている。まだ高校生に間違われてしまうことのほうが多いのは、どうにも頼りない雰囲気と、しゃれっ気のない髪形のせいだろうか。大人に見えないのはしょうがなくとも、せめて大学生である十九歳の年相応に見られたい。

制服に着替えた咲莉が店に出ると、入れ替わりで聖鷹が休憩に入り、バックヤードに消える。

三十分ほどで聖鷹が休憩から戻ってきたあとも、客の出入りは緩やかだった。

聖鷹は、テーブル席で話し込んでいた高齢の常連客の追加注文に「大河内《おおこうち》さん、今日はもうブラック三杯目ですから、次はデカフェのカプチーノをお淹れしましょう」とやんわ

り提案する。

普通の店ならあり得ないおせっかいだろうが、珈琲党の大河内は毎日のようにやってきて、水代わりのように濃い珈琲をガブガブ飲む。心配した家族からも『祖父は胃の手術をしているから、珈琲は控えめにさせたくて』と密かに頼まれているのだ。

「ほら、お前さん、いけめんの言うことには従いなさいよ」

「まあな、店長の頼みなら仕方ないか」

常連客の大河内は、同じくよく来る渋沢《しぶさわ》の言葉にがははと笑って、じゃあそれを頼むよとすんなり受け入れる。帰るときには、「美味かったから、明日からは『でかふぇのかぷちーの』頼むわ」とにこにこしてご機嫌で言うのに、咲莉もホッとした。

暇になると咲莉はトレーを拭いたり、「明日のスイーツはアップルパイだよ」と言って仕込みをする聖鷹の手伝いをしたりして過ごす。これで時給をもらうのは申し訳ないくらいに、平日の昼間はのんびりとしたバイトだ。

帰宅時間帯になったようで、新しい客が何組か続けて入ってきた。同時に会計に立つ客もいて、にわかに二人とも忙しくなる。

最後に残っていた客が店を出た頃、ちょうど掛け時計が小さくお馴染みのメロディーを流した。閉店三十分前、ラストオーダーの時間だ。

咲莉が外に「CLOSED」の札を下げに行こうとしたとき、リン！と軽やかなベルの音を立てて、扉が開いた。

「申し訳ありません、もうラストオーダーで……」

「あ、僕、客じゃないんです」

どういう意味だろう、と咲莉は入り口に立った人物を見た。

この春の新入社員なのか、まだいまひとつスーツを着こなせていない。明るめの茶髪に今風の細身のスーツを着た青年は、物珍しげに店内を見回しながら言った。

「ばあちゃんから、この店の店長さんは、珈琲代だけで捜し物を見つけてくれるって聞いて」

ああ、と納得して咲莉はカウンターを振り返る。やや声を潜めて聖鷹に声をかけた。

「すみません、店長。『捜し物』のお客様です」

アップルパイの具を煮込んでいた聖鷹が、こちらを見る。彼は少し困ったみたいに片方の眉を上げた。

――『捜し物』を頼む客は、月に数人は訪れる。

聖鷹が探偵まがいのことを始めたのは、この店の店主となって、しばらくしてからのことだったらしい。

三年半ほど前、海外の大学院を卒業して帰国した聖鷹は、珈琲専門の喫茶店を開くためちょうどいい店舗用の物件を探していた。そんな中、閉店が決まっていたこの店の存在を知ったのだという。

喫茶クイーン・ジェーンのそもそものオープンは昭和中期らしい。長年の間、地元の常連客に支えられてきたが、高齢になった店主の持病が悪化し、やむを得ず閉めることが決まっていた。

聖鷹は、そんな前店主の願いを聞き入れ、店内の設えやメニューもほぼそのままで、店を受け継ぐ約束を交わしたそうだ。

同時に彼は、以前からここに通っていた常連客たちの愚痴の聞き役も、否応《いやおう》なしにまとめて引き受けることになった。そうして、彼らのなくし物や困り事の相談を引き受けているうちに、人伝に『あの珈琲店の店主は困り事を解決してくれる』という話が広まってしまったらしい。

前店主との約束もあるし、毎日のように足を運んでくれる客たちからの紹介なので、無下にもしづらい。

常連客の多くは、一等地にあるこの店の近所に住んでいる――つまり、ほとんどが暇を持て余した富裕層の高齢者たちだ。

そのため、持ち込まれる相談事は、ささやかな捜し物から大金が絡んだものなど、ピンからキリまで。しかも、どれもなんらかの事情があり、警察沙汰にしたり、弁護士や探偵には頼みづらい内容であることが多い。

実は、咲莉の趣味はミステリー小説を書くことだ。無論、そのまま書くことなどぜったいにしないけれど、捜し物を頼む客の話には、大学とバイト先を往復するだけでは得られない刺激がある。つまり、依頼人が来るときが、平凡な人生を送っている咲莉にとってもっとも創作意欲をかき立てられる時間なのだった。


「どうぞ」と言って、聖鷹は捜し物依頼の客を二人掛けの席に通している。

そうしながら、彼が密かに心の中で、やれやれと思っていることが伝わってきた。

理由は明白だ。全員ではないけれど、閉店間際に『捜し物』を頼みに来る客は、特に厄介な話を持ち込んでくることが多いからだ。

しかも、飄々とした様子で二人掛けの席に腰を下ろすこの新卒風の青年には、もうじき閉まる飲食店に駆け込みで押しかけてきたという申し訳なさはかけらも見受けられない。

(まさかとは思うけど、ラストオーダーの意味を知らないとか……?)

そんなことはないか、と思い直し、咲莉は急いで「CLOSED」の札をかけると、店内に戻る。明日の講義は一限目を取っていなくてよかった、と思いつつ、お冷やを出した。

青年は、店の常連客である三原《みはら》という老婦人の孫、稜真《りょうま》だと名乗った。

「見つかるかはわかりませんが、三原さんのご紹介なら、ともかくお話だけは伺いましょう」

聖鷹は淡々と請け合う。

彼が『捜し物』依頼を引き受ける際のルールは三つある。

一つ目は、話を聞く代金として、必ず一杯は珈琲を注文すること。

二つ目は、こちらに与える情報に関し、決して嘘を吐いたり誤魔化したりしないこと。

そして三つ目は、これはあくまでもボランティアなので、見つけた結果がどうであっても責任はいっさい取れない。その三つを了承する、というものだ。

わかったと応じた稜真が飲み物を注文し、聖鷹がカウンターの中に入る。

程なくして、聖鷹がカウンターに載せたカップの数は、なぜか三つあった。

「山中くんの分はここに置いておくよ」

「えっ、あっ、ありがとうございます！」

なんと咲莉の分も淹れてくれたらしい。空いたテーブルを拭き、邪魔にならないように閉店の準備を始めていた咲莉は驚いた。

「座っていいから、冷めないうちに」と咲莉に言い置き、聖鷹はカップを二つ置いたテーブルを挟んで、稜真の向かい側に腰を下ろす。

稜真が注文した珈琲は、マリー・アントワネット——つまり、この店で出すウィンナコーヒーの名だ。

ワンポイントある真っ白なカップに注がれた珈琲には、綺麗に絞られたホイップクリームが浮かんでいる。

「腹減ってたんですよねー」と言って、稜真は嬉々として、まずソーサーに添えられたシナモン風味のビスケットを齧る。

それを先に食べたらせっかくの珈琲の味がわからなくなってしまうではないか、と咲莉は内心で唖然としたが、どんな飲み方をしようとも客の自由だ。ビスケットをあっという間に食べ終えた彼は、カップに口をつける。

「あっ、……美味い！」

（そりゃそうですよ、聖鷹さんの淹れたての特製モカに、純生クリームのホイップをたっぷりのせてあるんですから）

唇の上に泡で白ひげをつけて言う稜真に、咲莉は自慢げに心の中で呟く。いただきます、と小さく言って、自分もいそいそと口をつける。

とろけたホイップクリームと濃いめの珈琲が混ざり合い、絶妙な味わいだ。聖鷹の淹れた珈琲は本当に美味しい。

しみじみと咲莉が味わっていると、ふと、思い出したように聖鷹が言った。

「そういえば三原さん、今月は珍しくいらしていませんが、どこか体の具合でも？」

するると、稜真が顔を曇らせた。

「そうなんです。実は心臓の持病でちょっと入院してまして」

それほど大ごとではなく、すでに退院したらしい。しかし、医者に安静を伝えられているのに、本人的には元気いっぱいで、早く外に出たいと毎日ぼやいていると彼は言う。

「そうですか、またお待ちしてますので、どうぞお大事にとお伝えください」

「そんなこと言われたら、ばあちゃん明日にでも押しかけてきますよー。いや、まさか行きつけがこんなカッコいい店長さんがいる喫茶店だとはね」

けらけらと笑う稜真に、カウンターに座って自分の分を飲みながら、咲莉は内心で眉を顰《ひそ》めていた。

三原は、二、三日に一度は顔を見るほどの常連客だ。

八十代くらいだろうか、真っ白な髪を綺麗にまとめた上品な雰囲気の女性だ。たまにチップだと言っては、千円札が入ったポチ袋を渡してくれたり、「賞味期限が近くてごめんなさいね」と言いつつ高級な和菓子の差し入れをしてくれるので、よく覚えている。

三原の家は、この近くの通りにある老舗の和菓子店だ。

つい先月頃には、「新商品の彩りのよいおはぎが、なんだかばずったおかげでねえ、テレビの取材が何件も来たのよ」と笑い、客が殺到してずいぶん売り上げが伸びたとほくほくしていた記憶があった。

（スーツ姿ってことは、このお孫さんは家業には関わらない仕事なのかな……）

そんなことを考えながら、咲莉は珈琲を飲み干し、話の邪魔にならないように片付けの続きを始める。

「それで、お捜しのものはなんですか？」

聖鷹に水を向けられて、口元についた生クリームを慌てて拭くと、稜真は話し始めた。

「実は、祖母の指輪がなくなったんです。それも、一番高いやつ」


——ことの始まりは、祖母の三原ユイコが、今は亡き夫からもらった指輪だった。

半世紀以上前のこと。女学生だったユイコに恋心を抱いて求婚する際、和菓子店の跡継ぎだった夫が奮発して買い求めたものだ。希少な大粒のレッドダイヤモンドがはめ込まれたかなり値の張る指輪で、パーティーや記念日などには彼女はそれを必ず身に着け、人に会うたびにその由来を話していたそうだ。

けれど、二週間ほど前、持病の発作で入院したユイコは『あの指輪がない』と騒ぎ出した。

「指輪をなくした日は、友人の法事の日で、そのあとここの喫茶店にも寄ったって言うんですよ。でも、家に帰ってから、寝る前にちゃんといつものケースに収めたのに、朝になったらなくなっていた、と。本人は警察に届けると言って聞かないんです。でも、最近ちょっとボケが始まってることもあって、外で落としたり、または家のどこか別の場所にしまったのかもしれないしと、両親が迷ってまして……」

稜真は苦渋の表情で話しながら、あからさまなため息を吐く。

三原家は最近では珍しい三世代同居らしい。和菓子店を切り盛りする稜真の母と婿養子の父は、これまで元気だったユイコの言動が心配でたまらないのだという。そこで、両親とその一人息子の稜真は、祖母を認知症外来に連れていくべきかと話し合った。

「だけど、祖母本人が『自分はボケてなんかない。指輪がどこにあるかは、近所にいるすご腕の探偵さんに捜してもらう』と言い張るんですよね……それで、病院と警察に行く前にと、藁にも縋る思いでお願いしに来たってわけなんです」

ホイップクリームが溶けた珈琲を一口飲み、稜真は窺うように聖鷹を見た。

「なんでも、こちらの店長さんは、谷口《たにぐち》さんの奥さんがなくした金庫の鍵を、話を聞いただけで見つけたそうで……？」

「僕が見つけたわけではありませんよ」と聖鷹は素っ気ない様子で言う。

谷口という名を聞いて、カウンターの中を片付けていた咲莉は思い出す。

三か月ほど前だろうか、常連客の紹介で、谷口という名の男性客がやってきた。

谷口はクリーニングのチェーン店を手広くやっているが、妻が一つだけしかない金庫の鍵をなくしてしまって困り果てていた。中には店の運転資金が全額入っている。金庫を壊して開けたらどうかという谷口の提案には、妻が『でも高かったから』と言い張って応じない。合鍵は作れない仕組みだという。

『どうにかして鍵を見つけてほしい』という谷口から、家族構成と状況を更に詳しく聞き出すと、聖鷹は言った。

『金庫を開けても、中の現金はすでになくなっていると思います』——と。

青褪める谷口に、聖鷹は、鍵を持っているのは、金庫を壊すことにどうしても同意しない者だと指摘した。

半信半疑の谷口は家に戻って家族と話した。後日、彼は律儀に礼をしに来て、ことの顛末を説明してくれた。鍵の紛失を装ったのは、中の現金を使い込んだ息子夫婦と、泣きつかれて鍵をなくしたことにした妻の共謀だったそうだ。

「谷口さんちのように指輪がどこに行ったかを教えてもらえたら、ばあちゃんは認知症外来に行かなくてすみます」

一通り話を聞いてから、聖鷹はカップを持ち上げてウィンナコーヒーを一口飲む。

いったいどう答えるのかと咲莉が気にしていると。ふいに彼が口を開いた。

「——あなた、嘘をついていますよね」

予想外のことだったのか、稜真が目を瞠る。カウンターの中に立っている咲莉も、思わず息を呑んだ。

「その一、すでに遺失届が出され、三原家には警察が行っているはずです」

(嘘、って……?)

「え……な、なんで、そのこと、知ってるんですか⁉」

驚く稜真に、聖鷹は薄く微笑んだ。それはまるで、神が愛しくも愚かな人間を見るような優しげな目で――咲莉はどうしてか背筋がぞくっとする。

「実は、指輪をなくした日にうちの店にも三原さんがいらしていたという話は、すでに警察から聞いていたんです」

その話を聞いて、稜真は目に見えて狼狽えた。

「あなた、あのレッドダイヤモンドが時価いくらぐらいするかご存知ですか?」

「い、いえ、すごく高かったってだけで……ちなみに、どのくらいの値段なんですか?」

動揺を隠せずにいる稜真は、値段の話に食いついた。

「三原さんとお友達が来店したときに、指輪の話になったことがあるんです。一度売るか悩んだときに、宝石鑑定士に頼んだところ、購入時の何倍にも高騰していたとのことで」

「そ、そんなに⁉」

稜真がテーブルに身を乗り出す。

「ええ。ですから、もっと上がるかもしれないから取っておくことにしたと。あの指輪一つで、都内に家が建つくらいの値段だったそうですよ。もし盗難ならテレビのトップニュースになってもいいくらいの話題性のある事件だ。警察も放っておくわけはありません。専門家の協力を得て網が張られれば、市場に出回るなり、すぐさま足がつきます」

稜真を追い詰めるように、聖鷹は続けた。

「その二、あなたのご両親は、三原さんの様子を心配しつつも、きちんと警察に届けを出しました。そして、認知症外来に行く必要はないという意思を尊重しようとしています。三原家の家族はあと一人だけ……つまり、どうにかして祖母を認知症外来に行かせて『指輪がなくなったのはボケているせいだ』と診断してもらいたいのは、稜真さん、あなただということになりますね」

「そ、そんなことないです、家族でちゃんと話し合いましたよ。父さんと母さんも、ばあちゃんを診断してもらうのは賛成してます。勝手なこと言うのはやめてください！」

顔色を変えた稜真は、必死で反論する。

「そもそもあなたは、ここに頼みに来た理由からしておかしかった。祖母のことを心配しているように話しているのに、三原さんの認知症疑いの話ばかりする。指輪のありかを知りたそうにしながらも、まるで、本当は指輪の行方などどうでもいいみたいに」

稜真がぎくりとする。そういえばそうだな、と咲莉も不思議に思った。

（え、じゃ、じゃあ、まさか……？）

やっと聖鷹が言おうとしていることがわかり、咲莉は愕然とした。

「順を追えば、いつかはあなたに受け継がれるはずの高価な財産です。どこにあるか気にならないんですか？　なぜでしょう。たとえば……もう手に入っているとか？」

不思議そうな顔で腕組みをした聖鷹が、ふと顎に指を当てる。彼はゆっくりと、稜真が膝の上に載せているビジネスバッグに目を向けた。

ハッとした稜真が慌ててバッグを胸に抱え込む。そうしてから、自分の行動が『指輪はここに入っています』と自供しているも同然だと気づいたようで、がっくりと項垂れた。

稜真がテーブルの上に出したのは、年季が入っていそうな天鵞絨《ビロード》張りの小さな宝石箱だ。彼は苦い顔でぱかりと箱の蓋を開ける。

中には、大粒でピンクがかった宝石がついた指輪が収められている。

カウンターのほうから見る咲莉の目にも豪華な指輪だった。店内の照明に、レッドダイヤモンドの指輪は特別な輝きを放っている。こんな大粒の宝石がついた指輪をバッグに入れていたら、なくさないか心配で、自分などまともに外を歩けない気がした。

観念したらしく、稜真は悄然として事情を話し始めた。

証券会社に入社して今年で三年目の彼は、先月、顧客から依頼を受けた株取引の手続きを失敗した。その結果、なんと数千万円もの大損を出してしまい、追い詰められていた。

そんなとき、あの大きな宝石のはまった指輪のことを思い出した。いつも祖母が祖父からもらったと自慢していて、『これは私が死んだら稜真のお嫁さんにあげるわね』と言っていた。由来を話して、孫の花嫁になる人に受け継いでもらいたいから、と。

それならば、今すぐにもらっても同じことではないか、と稜真は思った。

しかし、レッドダイヤモンドの指輪は寝るとき以外祖母が身に着けている。困り果て、他の宝飾品をこっそり持ち出して鑑定してもらっても、大した値段はつかなかった。どうしても早急に損失を補填するための大金が必要だった稜真は、件《くだん》の指輪を盗み出し、祖母には自分でなくしたと思い込ませようと目論んだ。だが、高齢の祖母の記憶は明瞭だった。両親も祖母の言葉を信じて、息子が止めるのも聞かずにあっという間に警察沙汰になってしまい、指輪を換金するどころではなくなって、稜真は怯えた。

今更指輪を戻したところで、もうなかったことにはできない。

そこで、祖母が頼ろうと考えていたうさんくさい喫茶店の店主のもとを訪れた。適当に指輪のありかを推理してもらい、どうにかして祖母に自らの過失での紛失を納得させて、警察に引いてもらいたかったのだ、と彼は言った。

事情をすべて聞いた聖鷹は、絶望の表情をしている稜真に言った。

「まっすぐ家に帰って、ご両親と三原さんに全部打ち明けなさい」

「で、でも、もう警察の捜査が……」

落ち込み切っている稜真に、聖鷹は言った。

「まだ遺失届を出しただけです。盗難届は、盗まれたという明確な証拠がない限り受理されないんですよ。今の段階で正直に話せば、おそらく三原さんは『孫にあげたのを忘れていた』とでも言って、遺失届を取り下げてくれるでしょう。でも、このまま捜査が進めば、あなたは盗難の犯人ということになります。戻るなら今しかない」

そう言われても、うつむいた稜真はなぜか口を引き結んでいる。

彼はぎこちない動きで、ビジネスバッグを胸に抱えたまま、顔を上げる。ちらりと咲莉を見て、それから入り口を見た。

(あれ……この人……まさか、逃げようとか思ってる……!?)

ここは警察に電話すべきか、いやでも、と咲莉が内心で動揺していると、聖鷹が声をかけてきた。

「山中くん。今の、全部録れた？」

一瞬わけがわからず、すぐにハッとして「は、はい、もうばっちり録音しました！」と答えて胸元のポケットを叩く。そこには、注文用紙とボールペンが差してあるだけだ。当然はったりだが、稜真が自分たちを襲って逃走するなどという最悪の事態だけは避けなくてはならない。

「稜真さん、たとえば僕たちに危害を加えて逃げたりすれば、状況は最悪になる。今はまだ指輪の行方がわからないだけですが、ここで罪を犯せば、すぐに警察に追われる身になりますよ」

顔を顰《しか》めた稜真が、「わ、わかってるよ。でも、仕事の損害を補填しなきゃ……」と唸るように言う。

「そもそも、まずはご両親と三原さんに相談して頭を下げればよかったんです。一人息子を犯罪者にするくらいなら、きっと一緒に前向きな解決方法を考えてくれたはずです。それに、この間テレビで紹介されて、店の売り上げは上々なんでしょう？　もしご両親が助けてくれるなら、会社を辞めることになったとしても、またこつこつと地道に働いて返していけばいいだけなのでは？　それより刑務所に入りたい、と言うならもう止めませんが」

そう言ってから、ふと思い出したみたいに聖鷹が首を傾げた。

「ああ、そうだ。その三原さんの指輪ですが……もし鑑定に出したとしても、おそらく百万円も値段はつかないと思いますよ」

「ええっ⁉　じゃあ、さ、さっきの話は……⁉」

稜真が目を剥くのをよそに、咲莉も驚いていた。だったら、稜真が盗んでも、損失の補填にはまったく足りず、意味がない。あんなに高価だと言っていたではないか。驚愕する二人を前に聖鷹は平然として答えた。

「鑑定の話をしてくれたあと、三原さんご自身がおっしゃっていたんですよ。そう、今あなたが座っている席で、同じように、モカで淹れたマリー・アントワネットを飲みながら。『これはレプリカなの。息子が生まれたあと、一時店の経営が傾いたことがあって、やむを得ずに本物の指輪を売ってどうにか凌いだのよ』――と」

贈ってくれた夫にはどうしても言えなかったから、彼には親から贈与された土地を処分したと伝えて、指輪を売った金を渡した。それから、件の指輪は磨きに出しているということにして、その間になるべく似た色の石を探してレプリカを作ってもらい、その後はずっとそれをはめていたそうだ。

プロポーズは二回目のデートだった。前のオーナーがこの場所でやっていた店で、ウィンナコーヒーを飲みながら、亡き夫がそっと結婚の申し込みをしてくれたそうだ。

その話を聞いて、稜真は飲み干したマリー・アントワネットのカップに目を落とす。

「三原さんはこうも言ってました。『古くなった店を改築するときにも、私立に進んだ孫の学費も、すべてあの指輪で賄えた。買ってくれた夫のおかげだから、本当にありがたいと思っている』と」

だから彼女は、夫が死ぬまで秘密を貫いた。そして、価値はずっと低いレプリカだとしても、愛の証しをかたどったあの指輪を、孫の大切な花嫁に譲りたいと思ったのだろう。

決死の覚悟でした盗みが無意味な行動だったと気づかされ、稜真はすっかり肩を落としている。聖鷹は諭すように言った。

「あなたが何不自由なく暮らしてこられたのは、愛する妻のために大奮発して指輪を贈ったお祖父さんと、家族のために、思い入れのある大切な指輪を手放した三原さんの決断のおかげです。すでにあなたは、あの指輪の恩恵をじゅうぶんに受けて育ってきたんですよ」

力なく頷く稜真のために、聖鷹はタクシーを呼んだ。

タクシーが到着するまでの間、彼は稜真に言った。

「もし今回、ご両親に仕事のマイナスを清算してもらうとしたら、これ以上の損害を出す前に退職も視野に入れて、これからのことを改めて考えてみることをお勧めします」

「で、でも……やっと内定取って入った会社なのに」

「むしろ、内定を取れてしまったことが不幸だったんじゃないですか？　多額の損害を上司に打ち明けて打開策を考えるのではなく、家族のものを盗んで埋めようと考えること自体でわかる。あなたは証券会社の営業に向いていませんよ」

断言した聖鷹の言葉に、稜真は身を硬くする。

確かに、咲莉の目にも、彼は高額な金銭を取り扱う仕事には向いていないような気がする。

「それに、最近ヒットした商品を出したなら、和菓子の三原屋を潰すのはもったいないんじゃないですか」

「……俺は、家の仕事は何もできませんし……」

沈んでいる稜真を見て、ふと咲莉は思いついたことを口にする。

「あの……たとえば、三原屋さんの営業担当とか、SNS宣伝担当とかはどうですか？」

稜真が怪訝そうな顔で咲莉を見た。

「ああ、それいいね。確かに、稜真くんは性格も明るそうだし、よくも悪くも口が達者だから、株を売り買いするより、商品のよさを勧めて売ったりするほうが合ってるかも。僕、三原屋さんの綺麗な生菓子が大好物なんだよ。栗と求肥にくるみが入った『秋の彩り羊羹』とか、他にはない味だよね」

「あ、俺もあれ大好きです！　たまに三原さんが差し入れって持ってきてくれますけど、何個でも食べられるくらい美味しくて」

二人で三原屋の好きな商品の話で盛り上がっていると、ぽかんとしていた稜真が「……じゃあ、今度お詫びに持ってきます」と苦笑いを浮かべる。

タクシーが到着したので、三人で店の前まで出る。

「すいませんでした」と言って頭を下げ、稜真は座席に乗り込む。

遠くなるタクシーのテールランプを咲莉は聖鷹と二人で見送った。念のため、聖鷹は三原家にも連絡を入れている。その間にカップ類を片付けながら、ふと時計を見ると、もう二十二時半になっていた。

通話を終えた聖鷹が「ねえ、おなかすかない？」と訊ねてきた。

すきました、と正直に答えると、何か食べようということになり、彼がパックご飯を温めて、お茶漬けを用意してくれる。その間に、咲莉は手早くだし巻き卵を作り、簡単に塩もみしたキャベツときゅうりのサラダも添えた。

夕方に先にごはんをもらった猫は、今は客席で丸くなってうとうとしている。

それを横目に、二人はカウンター席で並んで座り、手を合わせて食べ始める。

「咲莉くんの作るものは本当に美味しいね」と褒め称えて、聖鷹は喜んでだし巻き卵を食べてくれる。客がいなくなると、彼はなぜか咲莉を名前で呼ぶ。おそらく、珍しい名前だから人前で呼ぶことは控えてくれているのだろうが、彼にそう呼ばれると、なんとなく親しみを感じて嬉しくなった。

「うちが和食屋だったらメニューに載せたいよ」

しみじみと言われて、「じゃあいつか和風喫茶をやることがあったら載せてください」と笑いながら、咲莉も卵を口に運んだ。

「和風喫茶にしたら、年配のお客が更に増えそうだなあ」と彼はぼやく。聖鷹が苦笑するのもわかる。今ですら、常連客のほとんどは近所のご老人たちなのだから。

だし巻き卵は程よい甘じょっぱさで、なかなかいい感じの焼き加減だった。

クイーン・ジェーンのメニューに卵トーストやピザトーストなどはあるけれど、和食のメニューは一つもない。だからあまり役には立てないのだが、祖父母に育てられた咲莉は、日常的に作っていた和食だけは得意だ。

聖鷹とぽつぽつと雑談をしながら夜食をとる。

こんな時間に彼と食事をするのはめったにない。今日の出来事は招かれざる客だったけれど、聖鷹と少しでも長くいられるのは嬉しかった。

ふと思い出して咲莉は言った。

「……稜真さんは、まずい行動に出る前にここに相談に来て、本当によかったですね」

咲莉は、わざわざ家に電話をかけてまで、稜真を最後までフォローする聖鷹の優しさに感動していた。

「どうだろうね。まあ、あんまり酷い対応をして、咲莉くんが寝ているこの店を襲撃されても困るから」と言って、彼は肩を竦めている。

「ごめんね、こんなに遅くなっちゃって。咲莉くんにはいい迷惑だったよね。ちゃんとバイトの時間につけておくから」

「い、いいえ、大丈夫です。俺は何も役に立てませんでしたし」

そう言ってから、改めて咲莉は彼を見た。

「聖鷹さんには実際に警察のお友達もいるし、聞いてて俺も本当に警察が全力を投じて捜してるのかと思っちゃいました。でも、警察からレッドダイヤモンド紛失の話を聞いてたっていうのは、はったりだったんですよね？」

聖鷹は「ん？　いや、違うよ」と首をかしげた。

「あれは本当のこと。先週来たとき、有馬《ありま》から聞いたんだ」

有馬というのは聖鷹と幼稚舎から高校まで同級生だったという男で、現在は警視庁で刑事をしている。かなりの珈琲好きで、聖鷹が得意客用に特別に仕入れた珍しい銘柄目当てにたまにこの店にもやってくるので、バイトの咲莉ともすでに顔見知りだ。

「え、で、でも」

咲莉が困惑していると、聖鷹がふっと笑った。

「そっか、まだ言ってなかったよね。三原さんは一度も指輪を処分してない」

その艶やかな笑みに、一瞬どきっとした咲莉は、言葉の意味がよく呑み込めずにいた。

「……へ？」

「彼女の指輪は、正真正銘のレッドダイヤモンド。大粒だからね……今の時価はどのくらいかな……どんなに安く見積もっても、億は下らないはずだよ」

「ええええっ!?」

咲莉は愕然とした。

そのとき、ふいに店の電話が鳴った。聖鷹が電話に出ると、三原からだった。

聖鷹に繋ぐと、彼女は涙ながらに、孫の稜真が件の指輪を返してくれたことを伝え、孫が世話になったと礼を言っていたそうだ。ちゃんと叱っておくから、と何度も謝っていたらしい。

電話を切った聖鷹がやれやれという顔で教えてくれる。

咲莉はまだ呆気にとられたままだ。

いったい、どういうことなのか。

「わけがわからないよね」と小さく笑い、聖鷹は改めて、あの指輪の真偽について説明してくれた。

――過去に店が傾きかけたとき、夫以外の身内からは指輪を売るように説得されたが、彼女は断り、実家から相続した土地を売って凌いだ。店の経営が落ち着いたあとも、あの指輪が高価だと知る者から時折金を無心されるようになり、辟易した彼女は、指輪は売ったことにして本物は家にしまい、レプリカを作って、外ではそちらを着けるようになったというのだ。

「他人のことは警戒していても、家族については信頼していたんだろう。家では大事な本物を着けて、しまう場所も隠してはいなかったから、孫が盗ることができたわけだ」

悲しい話だ、と彼は言う。呆気にとられていた咲莉はハッとした。

「じゃ、じゃあ、まさか、稜真さんが持っていたさっきの指輪は……」

「うん、本物だよ。だから、タクシーに乗せてまっすぐ家に帰らせたんだ。帰る途中で寄り道してなくしでもしたら、元も子もないからね」

驚きの事実に咲莉は仰天した。

「三原さんが、たった一人のお孫さんをかけらも疑わなかったのかはわからない。でも、当然、有馬たちは孫が盗った可能性にも当たると思う。もうあと一日二日遅ければ、稜真さんは逮捕されて、今頃留置場で保釈待ちしていたかもね。その前に返してくれてよかったよ」

「うーん、そっかあ……」

咲莉は深々と息を吐く。思っていたのとはまったく違う終わり方の事件だった。だが、孫が自分の指輪のために裁かれて、三原が幸せだとは到底思えない。稜真が逮捕される前に悔い改めてくれて本当によかった。

咲莉が食器を片付けると、聖鷹がカフェインレスの温かいカフェオレを淹れてくれた。咲莉は恐縮しつつもありがたく、マグカップに入ったカフェオレを啜る。

「……谷口さんのときも、なんだかいい感じに落ち着きましたし、今回もそうなるといいですね」

聖鷹は、クリーニング店を経営する谷口一家の金庫問題の際も、犯人がわかったあと、谷口を懇々と諭していた。

『今回のことは、息子たちの大学進学費用を出し渋り、働き者の奥さんに店を任せて、自分は好きなだけ遊びに使っていたあなた自身が招いたことではないのか』

長男夫婦は手に入れた金を奨学金の返済に使い、残りを次男の大学進学の費用に充てようとしていたらしい。

婚姻中に稼いだ資産は、本来なら夫婦で半々に権利がある。だから、本来は金庫の中の金は奥さんのものになるべきものだったのかもしれない。

今、心を入れ替えて、家族のために出すべき金を出さなければ、奥さんはあなたを諦めるだろう。家族も店も失い、寂しい老後を送ることになるかもしれないぞ——と。

谷口は身を縮めて、金は取り返さないと約束していった。

「ああ、あれは、うちの店の常連に、谷口さんが贔屓にしていたクラブのオーナーがいたんだよね。ホステスさんを通じてちょっと話を聞かせてもらったら、かなり酷かったからさ。そんなことなら、鍵を持っている人を教えなきゃよかったたって反省したんだ」

苦虫を噛み潰したような顔をしても、聖鷹はどこか上品だ。咲莉は頰を緩めて言った。

「でも、この間来たとき、谷口さん、店番をちゃんとするようになって奥さんに感謝されたって言ってましたよね」

店に礼を言いに来た谷口は、酒の量を減らしたせいか、ずいぶん健康そうに見えた。実は、長女に孫が生まれたんだと皆に嬉しそうに話していた。

「うん、話せばわかってくれる人でよかったよ。もし本当に駄目な奴なら、奥さんたちが身ぐるみはがすのに協力するほかないかもと思ってたし」

恐ろしい話に、咲莉はぎょっとする。

「助けを求めて来る人間が、必ず善の側だとは限らないからね」

静かに言う聖鷹は、たまに何を考えているのかわからないときがある。

有馬やそのクラブのオーナー以外にも、聖鷹には様々な知り合いがいる。

もし谷口が改心せず、彼が失望して家族に協力していたら、谷口は無一文になっていた気さえする。

「聖鷹さん……」

だが、他者を罰するのは司法の仕事だ。

法律から逸脱するようなことをすれば、たとえ人助けだったとしても、聖鷹のほうが加害者になってしまうかもしれない。

（……お願いだから、道を踏み外さないでほしい……）

思わず縋るような気持ちで見つめると、こちらを見た彼がふっと表情を和らげた。

手を伸ばしてきた聖鷹にそっと優しく髪を撫でられる。

「そんなに怯えた顔しないで。咲莉くんのバイト先がなくなるようなことをするつもりはないよ」

咲莉はぎこちなく笑って頷く。

聖鷹は、捜し物の客に厳しい言葉を突きつけることもあるけれど、根は本当に優しい。面倒くさそうなそぶりをしつつも、見ず知らずの人の困り事を、親身になって解決しようとしている。

自分もまた、人生最大の危機を聖鷹に救われたことがある一人だ。

だから咲莉にとって、聖鷹という人は恩人で――かつ絶対的な正義なのだった。

＊

咲莉が聖鷹と出会ったのは、一年と少し前のことだ。

必死の受験勉強の末に、咲莉は都内の有名私立大学に合格した。古い代わりに家賃は格安のアパートを見つけて一人暮らしを始め、家の近所にある二十四時間営業のファミレスでのアルバイトも決めた。講義とバイトに明け暮れる日々にもやっと少し慣れてきた、そんな頃だった。

――実家の近所の人から、祖母が救急車で運ばれたという連絡が来たのは。

血の気が引き、ファミレスのバイトを休ませてもらうと、咲莉は地元の病院に急いだ。

「やだ、ひーくん、わざわざ来ちゃったのかい？」

近隣で一番大きな病院に運び込まれた祖母の良枝《よしえ》は、咲莉が面会に向かうと、思ったより元気そうで胸を撫で下ろした。「大学は？　明日もあるなら早く戻りなさい」と咲莉の心配をするばかりで、けろりとしている。

医師の話によると、祖母は軽い脳梗塞を起こしていたが、倒れたのが、たまたま近所の人と立ち話をしているときだったことが幸いした。

発見と処置が早かったおかげで手術はせずにすみ、点滴の治療は一週間から長くて一か月ほど。その後は様子を見ながら自宅療養をしつつ、定期的に通院することになるらしい。

「もうなんともないのに。すぐに退院できるように先生にお願いするから」

明日には退院する！と言い張る祖母を、看護師と二人がかりでどうにか説得する。

「山中さん、治療が終わるまでは入院してくださいね」

「そうだよ、ばあちゃん、看護師さんの言うこと聞かないと」

事務員に呼ばれた咲莉は、「またあとで来るから」と祖母に言い置いて、入院手続きに向かう。

祖母の顔を見て安堵したのも束の間、請求金額の概算を見て、咲莉は青褪めた。


それからも、慌ただしい日々が続いた。

初夏の訪れを感じさせる中、ある日意を決して、咲莉は部屋を契約している不動産会社を訪れた。

「そんな事情で……もう一か月だけ、家賃の支払いを待ってもらえないでしょうか」

平謝りしながら頼み込むと、対応してくれた中年の社員は困り顔になった。

「山中さんの状況も聞きましたし、ちゃんと連絡してくれるので、二か月まではうちの判断でお待ちしてたんですがね」

契約では、家賃を三か月滞納したら退去してもらうことになっている、と言われて賃貸借契約書を出され、咲莉はうつむいた。

幸い後遺症もなく退院できたものの、祖母の入院費は合計で四十万を超えていた。高額療養費制度が使えて、自己負担金はかなり減った。しかし、運悪く二か月にまたがっていたため、実際に支払ったのは二十万ほどだ。

普通の家庭なら、貯金から払えない額ではないかもしれない。けれど、大学に入学したばかりの咲莉には、それはとてもすぐには払えないほどの大金だった。

咲莉は受験時の成績上位に入ったため、大学の学費を免除されている。生活費は大学独自の奨学金と育英会からの給付型奨学金をもらい、足りない分はアルバイトをすることですべてを賄っている。

そのため、基本的に講義は休めない。なぜなら、落第すれば給付型の奨学金がもらえなくなり、大学に通えなくなるからだ。

ともかく、手元にあった奨学金や家賃分の金を使い、無理に支払いを済ませた。

それからは、空き時間に限界までアルバイトを増やして金策に励んだ。

他にも、考えられる限り削れる費用はすべて削ったものの、元々贅沢な暮らしをしていたわけではない。

祖母が本調子に戻るまで、実家に戻って暮らすことも考えたが、実家から大学までは電車で片道二時間半もかかる。往復五時間も費やしていては、バイトの時間が捻出できなくて結局マイナスだと、苦肉の策でこのまま部屋を借り続けるしかなかった。

体調が安定した祖母からは、『もう大丈夫だから、勉強に集中しなさい』と言われている。仲のいい近所の人たちが気にかけてくれていて、何かあればすぐに連絡をくれるので、とりあえず心配はいらないようだ。

いっぽう、咲莉は自分の暮らしが立ちゆかなくなり、焦りを感じていた。

そこで、不動産会社に相談して、祖母が入院した最初の月は家賃を半額待ってもらった。祖母が退院し、入院費の請求が来た月は、三分の一を払うのがせいいっぱいだった。

更に、祖母が倒れて三か月目の今月は、どんなに節約しても、家賃を工面できるめどがまったく立たなくなってしまった。

そうして今、もう少しだけ支払いの猶予を頼めないかと、不動産会社に恥を忍んで頼みに来たところだった。

（大学は、もう諦めるしかないかな……）

悩んだ末、いったん休学して、その間にフルでアルバイトを入れて生活を立て直すことを考えた。そうすれば、滞納していた家賃を払い、少しの貯えを作ることもできるだろうと思ったのだ。

しかし、そう決意して不動産会社にやってきたものの、対応してくれた親切な社員の苦渋の様子に、自分の考えがあまりにも自分本位で厚かましいものだったことに気づかされた。

両親とは音信不通で、咲莉には他に金を借りられる当てはない。

そもそも、すでに家賃を全額払えないまま三か月が経っているのだ。快く待ってくれた不動産会社にこれ以上の無理を言ってまで、大学に通うことに固執すべきではない気がした。

（……将来は、ばあちゃんを養えるように、大学を出て、安定した仕事に就きたかったけど……）

苦しかった受験期間の記憶が蘇るが、高卒でも仕事にありつけないわけではない。

いっそのこと、すっぱり退学すれば、大学に通っていた時間もバイトに費やせて、来月中には滞納している家賃も全額支払えるはずだと、咲莉は覚悟を決めた。

だが、「ご迷惑おかけしてすみませんでした」と言おうとしたときだ。契約書を見ていた社員が「そうだ、少々お待ちくださいね」と言って、急いで店の奥に入る。呼ばれて出てきた社長だという高齢の男性が、カウンター越し、咲莉の向かいに座った。

「あ、幸福荘か。ここはなあ……」

うーん、と悩むそぶりを見せたあと、社長はどこかに電話をかけて、一方的に話し始めた。

「ここ……じゃないのかな……？」

——三十分後。

不動産会社を出た咲莉は、急いで地下鉄に乗り、百貨店のあるにぎやかな大通りを一本入った道を歩いていた。

——先ほどのことだ。誰かに電話をかけた不動産会社の社長は、通話を終えると、咲莉に苦笑いをして言った。

『今回の判断はうちの裁量を越えていましてね。すいませんが、もう一か月待ってもらえるかどうかについては、大家さんに直接ご相談してもらえますか？』——と。

そうして咲莉は、社長が書いてくれた『桜小路さん』という大家が経営している喫茶店を目指してきたのだ。

しかし、地図の通りに進んだはずだが、言われた喫茶店はどこにも見当たらなかった。

退学を決意したものの、あと一か月でも待ってもらえたら、寝ずに働いてどうにかできるかもしれないと、最後の希望を抱いてやってきた。そのためにも、ともかく店に行き着かなくてはならないのに。

おろおろと歩き回るが、道を訊こうにも通りすがる人は皆早歩きで、呼び止めることができない。

必死で探しているうち、ふいに眩暈がして足がもつれそうになった。ここのところ、ファミレスのバイトを限界まで詰め込んでいる。講義は休めないので、あまり寝ておらず、まともに食事をとる時間もなかったせいかもしれない。よろよろと歩き、どうにか通行人の邪魔にならなそうな道端にしゃがみ込んだ。

（そうか……もしかしたら、この地図が間違っているのかも？）

喫茶店ならホームページがあるかもしれないと思い立ち、咲莉はポケットからスマホを取り出す。検索しようとしたとき、ゆっくりとこちらに歩いてくる人影に気づいた。

夕暮れを背に近づいてきたのは、黒いジャケットを着た長身の男だ。片手にペット用キャリーバッグを持っている。ちょうど見える位置にある透明な窓からじっとこちらを覗いているのは、金色の目をしたなんとも愛らしい白猫だ。

「……君、山中くん？」

男は、聞き心地のいい声でそっと問いかけてきた。オレンジ色の光に染まる彼の顔はびっくりするほど綺麗で一瞬見惚れそうになるけれど、今はそれどころでないと我に返る。

想像よりずいぶんと若いようだが、どうやら彼が大家だとわかったからだ。

「は、はい」と言って、慌てて咲莉は立ち上がる。

「待たせてごめんね、大家の桜小路です。近くの動物病院に行っていたもので。今、店を開けるから」

そう言いながら、彼は咲莉をすぐそばのビルの入り口へと促す。

「ここ……」

「あ、入り口わからなかったよね？　うちの店、この奥にあるんだよ」

小さく笑って彼はさっさと歩いていってしまう。『こっちこっち』と言うように、ウナン、と猫の啼き声が聞こえた。


彼は予約していた猫の定期検診に行っていたらしい。店の照明をつけて咲莉を中に通してから、キャリーを開けて白猫を出す。それから、「座って」と咲莉にカウンター席を勧め、ジャケットを脱いでエプロンを着けると湯を沸かし始めた。

猫はそばの棚に置かれた自分用らしき器から水を飲んでいる。満足したのか顔を上げて少し毛繕いすると、咲莉の隣の椅子に身軽に飛び乗った。目と同じ金色をした洒落た首輪がよく似合っている。丸い名札にはなんと書いてあるのだろう。艶やかな純白の毛並みに尻尾だけがふわふわと豊かだ。

桜小路にメニューを渡されて、「サービスするからなんでも好きなものをどうぞ」と勧

められる。遠慮しようとしたが「僕も自分の飲み物淹れるから、遠慮しなくていいよ」と言われて、少し悩んでから咲莉はカフェオレを選ぶ。

彼は湯が沸くのを待ちながらスマホを取り出すと、それを操作しながら言った。

「ええと、幸福荘の家賃の件だよね。山中……失礼、下の名前はなんて読むのかな？」

どうやら、咲莉の賃貸借契約書のデータが不動会社から送られてきて、それを見ているようだ。

「……『ひらり』です」

絶望的な気持ちで答えると、彼は「ひらりくんね」とだけ言う。さらりとした対応に、咲莉は虚を突かれた。

驚いていることに気づいたのか「どうかした？」と彼が訊ねてくる。

「あの……けっこう珍しい名前なので、何も言われないことがなくて……」

ああ、と頷くと、ドリッパーに粉を入れながら、彼が笑った。

「そうだね、初めて目にする名前かも。書きやすくて羨ましいよ」

咲莉の名前は、字面はそれほどでもないが、読みは明らかにキラキラネームというやつだ。

下の名前の読みを伝えると、だいたいの人は『珍しい名前だね』『誰がつけたの？』などと、場合によっては薄笑いを浮かべながら突っ込んでくる。学校やアルバイトの面接などでこんなにすんなり受け止めてもらえたことは一度もない。生まれてこの方、名乗るたびに揶揄交じりの言葉を向けられてきたせいか、桜小路の意外な反応に戸惑った。

彼はふいに真顔になって言う。

「あのね、僕の下の名前は『聖鷹《きよたか》』っていうんだ」

漢字で書くと聖書の聖に、鳥の鷹だよ、と説明してから、彼は眉を顰める。

「名字も含めた画数はいったい何画あると思う？　物心ついて、名前を書く年齢になってから、本当に親を恨んだよ。ひらがなでいい、『たかし』でも『たろう』でもなんでもいいから、もっと簡単な名前がよかった、ってね。『咲莉』くんなら交換してもらいたいくらいだ」

『桜小路聖鷹』という字面を頭の中に思い浮かべる。大正時代の貴族のような氏名に、咲莉はようやく彼の反応が腑に落ちた。

美しいこの男にはぴったりの風情ある名だけれど、名前を書く機会が多い学生時代などは、さぞかし大変だっただろう。彼には咲莉の名前を羨ましがる資格があると納得した。

しみじみと頷いていると、ふわりと珈琲のいい香りが鼻腔をくすぐった。間もなく、「どうぞ」と言われて、たっぷりとミルクを入れた湯気の立つカップがカウンターに置かれた。客ではないのに飲み物を出してもらって、恐縮しつつ礼を言う。

「加藤《かとう》住建さんからだいたいの話は聞いてるんだけど。よかったら君の口からも説明してもらえる？」

自分もカップに口をつけながら促される。咲莉は緊張の面持ちで事情を説明し始めた。

「……祖母も退院できたので、来月からはちゃんと家賃を払えると思います。滞納分のほうも、少しずつでも、必ず全額支払うつもりがあります。ですから……もう少しだけ、待ってもらえないでしょうか？」

必死に言うと、飲んでいたカップを置いて、カウンターの中で何かしていた彼が、「ちょっとだけ待ってて」と言う。

何をしているんだろう、と思いながら、咲莉は大人しく待つ。

そばに置いたメニュー表をちらりと見て、先ほど目にした品名を思い出した。

●エリザベート（カプチーノ）
●ジャンヌ・ダルク（カフェオレ）
●ベアトリーチェ（エスプレッソ）
●マリー・アントワネット（ウィンナコーヒー）
●アナスタシア（ロシアンコーヒー）

メニュー表にある珈琲につけられた名前には、何やらどれも見覚えがある。エリザベートはオーストリアの皇女、ジャンヌ・ダルクはフランス革命の旗手、ベアトリーチェは父殺しとされたイタリア貴族の娘のことだろうか。マリー・アントワネットとアナスタシアは誰もが知るほど有名な女性たちだ。

大学の講義で西洋史を選び、欧州の歴史を勉強中の咲莉でなくともわかる。世界史で目にするような有名な女性たちの名前——しかも、なぜなのか、史実の上では不幸な終わり方をした者ばかりが並んでいるのだ。

(な、なぜこの人たちの名前を……?)

そういえば、店名のクイーン・ジェーンもそうだ。英国の王位にいたのはたった九日間、のちに斬首された悲劇の女王ではないか。

美しい名ばかりだとは思うけれど、彼女たちの終わり方を思うと、メニューの名前につけるには少々縁起が悪いような気もする。咲莉は、ここの店名と珈琲メニュー名を考えた者の思考回路がどうにも理解できなかった。

不可解なメニューにまじまじと見入っているうち、ふいに、目の前にコトリと音を立てて皿が置かれる。

皿には、熱々のチーズがたっぷりとのせられ、細切れベーコンとピーマンを散らした美味しそうなピザトーストがある。さっきからいい香りがしているなと思ったのはこれだったのかと気づく。

驚いて顔を上げると、桜小路は小さく笑って言う。

「話の途中で待たせてごめん。事情はわかったんだけど、動物病院の予約時間があって、昼食を食べずに行ったから空腹も限界なんだよね。もしよかったら付き合って？」

咲莉が何か言う前に、カウンターの向こうで、彼は自分の分のピザトーストにかぶりついている。答えを急かすわけにもいかず、しばし悩んだが、「えと……すみません、じゃあ、いただきます」と声をかける。カフェオレ代も合わせて、あとでちゃんと払わせてもらおうと思いながら、咲莉も食べ始めた。

ピザトーストは少しスパイスが利いていて、焼き具合も程よい。カフェオレのベースの珈琲とミルクも、咲莉がたまの贅沢で飲む学食のカフェオレとは別のものみたいな味わいだ。

どちらも驚くほど美味しくて、いつの間にか夢中ですべて食べ終えていた。

ごちそうさまでした、と丁寧に手を合わせると、カップを手にこちらを見ていた桜小路と目が合う。

「美味しかった？」と訊かれて、こくこくと頷く。

「すごく美味しかったです。カフェオレも、ピザトーストも……パンもソースもバイト先のピザとは全然違ってて、びっくりしました」

頼み事をしなければならない相手だからではなく、本心からの言葉だった。

「そう、よかった。パンは近所の小さい店で買ってるんだけど、いつもすぐ売り切れちゃうんだ。今日は買えてラッキーだったよ」と彼はにっこりと笑う。バイト先のファミレスは冷凍商品を温めたものだ。それと比べてしまい、失礼だったかもしれないと一瞬慌てたが、彼は気を悪くしなかったらしい。それどころか、芸能人みたいに美しい容貌で嬉しげな笑みを向けられて、咲莉はどぎまぎしてしまう。

いつの間にか、白猫は隣の椅子で丸くなって寝ている。

夕方でカフェは混雑するような時間帯なのに、客は誰も入ってこない。

やはり店の入り口がわかりづらいからだろうか、などと考えていると、カウンターを出て、カップを手に桜小路がこちらにやってくる。眠っている白猫の様子をちらりと見てから、彼は猫の席を挟んだ一つ向こう側の席に腰を下ろした。

「それで、さっきの話だけど……」

「はい」と言って咲莉は彼のほうに目を向ける。

「まだ大学一年生の孫である君が、お祖母さんの入院費を払わなければならない。それってなかなか複雑な状況だよね。他人事ながら気になったんだけど、もしよければ、そもそもどうしてそうなったのか、もう少し詳しい事情を聞かせてもらっても構わない？」

意外なことを言い出されたが、ことは金銭の問題だ。払うべき家賃を待ってもらいたいというのだから、納得できる状況なのか確認したいと思うのは普通だろう。

「えっと……話すのは全然構わないんですが、何をどこまで話したら……？」

「じゃあまず、ご両親はいないってこと？」

はい、と咲莉は頷く。

難しい顔をした桜小路に「他の家族はどうしたの？」と訊ねられてしばし悩んだ。

退去だと言われることも覚悟してきたが、彼は咲莉を冷たく追い返しはしなかった。疲れ切っていたので、それだけでもありがたかったのに、温かい飲み物と食べ物まで出して、事情を気にかけてくれたのだ。この人になら話してもいいかもしれないと決意する。咲莉は、普段は他人に話すことはしない家族のことを打ち明けた。


――咲莉の母は、結婚せずに自分を生んだそうだ。

父親は当時交際していた恋人のようだが、腹に咲莉がいるとわかったあとで喧嘩別れをして、入籍することなく出産したらしい。その後、咲莉が一歳になる前に母は仕事が見つかったと言って実家を出ていった。ごくたまに数万円と手紙を同封した現金書留が届くので、無事ではいるようだが、携帯番号を変えてしまったようで、こちらから連絡を取ることはできない。

祖父母の元に置いていかれた咲莉は、引き取ってくれた彼らを実の両親だと思って育った。

小学生のときに祖父が亡くなったあとは、祖母と二人で暮らし、大学を卒業して就職したら、やっと祖母孝行ができる——祖母が倒れたのは、それを目標に頑張っていた最中《さなか》のことだった。

生前の祖父は知る人ぞ知る小説家で、一時は文筆業で身を立てていた。羽振りがよかった時代にそこそこ立派な家を建てたが、ちょうど咲莉を引き取った頃には仕事が途切れて、ほそぼそとした過去の印税と、祖父が継いだ農地で畑仕事をする祖母の収入でなんとか暮らしていた。

中学生になると、咲莉も早朝の新聞配達をして必死に家計を助けた。だが、祖父が亡くなったとき、知人の連帯保証人になっていたことが発覚した。相手は夜逃げをして、祖父は祖母には隠してこつこつと返済していたようだ。その借金と相続税を合わせると途方もない額になる。祖母が払うことはどうやっても不可能で、弁護士に頼んで古くて広い家や土地の相続放棄の手続きをし、祖母と咲莉はほぼ無一文で小さな借家に移り住むことになった。

当然、咲莉は大学進学を諦めていたが、祖母に背中を押された。更に祖母は、高校二年の終わりから入試までの一年間、アルバイトはしなくていいからとまで言って、受験勉強に協力してくれた。悩んだけれど、これから祖母の暮らしを支えていくためにも大学を出て、少しでも給料のいいところに就職したいと決意した。咲莉は寸暇を惜しみ、参考書がぼろぼろになるまで勉強に打ち込んだ。

そんな経緯もあり、無事に大学に合格はしたものの、咲莉には支えてくれた祖母への罪悪感があった。

祖母が倒れたのはきっと、自分を大学に進ませるために無理をしすぎたせいだ。祖母は咲莉が受験勉強に没頭している間、他家の畑の手伝いまでして二人の生活費を稼いでくれた。恩返しをしたいと思っているのに、逆に苦労をさせてしまった。

咲莉は祖母に申し訳ない気持ちでいっぱいだった。


桜小路に訊かれて祖父の筆名を答えると、「ああ、知ってる。硬派な作品を書かれる作家さんだよね」と言うから驚いた。祖父の本の読者は年配の人が多いので意外だが、何冊か読んだことがあるそうで嬉しくなる。

一通り話を聞くと、桜小路はもう一杯珈琲を淹れてくれた。今度はふわふわの泡がのったカプチーノだ。驚きつつも礼を言って受け取ると、ふいに白猫が目覚めてミャウンと啼いた。

「わかってるよ、ミエルもごはんの時間だね」

桜小路はそう言うと、吊り戸棚から出した猫のドライフードを皿に盛る。パウチのウエットフードも開けて、それも小皿にのせ、カウンター近くの棚の上に置いた。

ミエルという名らしき猫は、その棚の上に飛び乗り、はぐはぐと美味そうに食事を始める。尻尾がゆらゆら揺れていて、美味しい美味しいと喜んでいるかのようだ。

可愛いなあと思って、咲莉が目を細めていると、桜小路が声をかけてきた。

「猫、好きなの？」

「大好きです。いつか飼いたいなあと思ってるんですけど……」

アパートはペット禁止ではないので、猫を飼っている者もいるようだ。今の咲莉は自分の生活で手いっぱいで、ペットを飼うなど夢のまた夢だけれど。

ミエルの食事風景に見入っているうち、しばらくして彼が口を開いた。

「事情について、話してくれてありがとう。状況は理解したよ。やむを得ないことだし、家賃に関して待つのは特に問題ないんだけど」

「……ま、待ってもらえるんですか⁉」

咲莉は驚いた。縋るような思いで来たが、断られる可能性もあると覚悟していたからだ。

うん、と当たり前のように彼は頷く。

「延滞の理由がギャンブルとかだったらさすがに断るけど、話を聞けば、君自身は何も悪くないじゃない。むしろ、今どきお祖母様思いな子だなあと感動したくらいだよ」

家賃を待ってもらえたら――死ぬ気で受験勉強に励み、奇跡的に入学できた大学を、中退せずにすむ。真っ暗だった目の前に、急に光が差したような気がして、咲莉は顔を輝かせた。

「ありがとうございます！　必ず、残りの分も早めにお支払いしますから……」

「あー、うん、ええと、ただね」

桜小路が言いにくそうな顔になる。

「まだ加藤住建さんから知らせが行ってないみたいだけど、実は、あの幸福荘は来年には建て替える予定があるんだ」

「建て替え……!?」

仰天する咲莉に、彼は説明した。

あのアパートは彼の祖父が建てたもので、もう築五十年近く、建物にかなりガタがきている。そのため、格安の家賃設定にしていたわけだが、たびたび水漏れする部屋があって苦情が出ていた。調査の結果、他の部屋も水漏れの危険があり、耐震性にも不安があるとわかった。この際だからということで、建て直しの計画が決まっているそうだ。

「もちろん、契約期間中の建て直しはこちらの都合だから、引っ越し費用と、それから新しい部屋の敷金礼金は負担させてもらうよ。ただ、幸福荘は古い分、破格の家賃で貸してた。話を聞いた感じだと、山中くんは今でも生活費がぎりぎりみたいだから、引っ越し先の家賃で暮らしていけるかどうか微妙なところだよね。どうにかやりくりできたとしても、万が一にもお祖母さんがもう一度入院するようなことになったら、また行き詰まってしまうんじゃないかな」

現実的な話をされて、咲莉は項垂れた。

桜小路の言うことはあまりにももっともだったからだ。

「そうですよね……」

(やっぱり、この状況で、大学に通い続けることは難しいのかも……)

家賃滞納や休学など、往生際悪くあがくのはやめて、働くべきなのかもしれない。

自宅アパートの家賃が払えないだけではない。祖母が受け取っている年金は微々たるものなので、本調子になるまでの間は、実家の光熱費や国民健康保険料などの支払いも咲莉がしている。祖母は自分で払うと言っているが、余裕がないことは咲莉が一番よく知っているから無理はさせられない。もし祖母がこの先働けないままなら、自分が出すのが当然だ。

誰よりも合格を喜んでくれた育ての祖母に、中退するなどとは言いづらい。しかし、これからもしかしたらずっと祖母に仕送りが必要かもしれない今、無茶な生活設計では二人とも破綻してしまう。

「あ……、もしかしたら、君、何か誤解してない？」

唐突に、慌てたように桜小路が咲莉の顔を覗き込んでくる。目を上げると、絶望に潤みかけた視界に端正な顔が映った。店の前で会ってからずっとマイペースな雰囲気をまとっていた彼は、今、明らかに動揺している様子だ。

「厳しいことを言ったけど、大学をやめろとか、実家に戻れとか言いたいわけじゃないんだよ。僕が言いたいのはね、つまり……今の暮らしのまま引っ越したら、新しい部屋を借りたとしても、結局生活はギリギリかマイナスなんじゃないのか、ってことだ」

「それは、その通りです……」

ぐうの音も出ずに咲莉は頷く。

幸福荘の建て直しまではあと一年と少しあるから、その間に収入を増やすとか、何か暮らしを安定させる方法を考えたほうがいい、と彼は言った。

「それでね、この店、これまでは僕一人でやってたんだけど、用があるときにはいちいち閉めなきゃいけないのが面倒だから、ちょうど、アルバイトを雇おうかなと思ってたところだったんだよね」

この立地にある店を一人で回すのは大変だろう。とはいえ、新たな客が入ってこないところを見ると、あまり繁盛しているわけではないようだが、と思っていると、桜小路は意外なことを言い出した。

「君、もしよかったらここで働いてくれない？」

自分がアルバイトをする――この喫茶店で？

まったく予想もしなかった話を持ちかけられて、咲莉はぽかんとなった。

今どこかでバイトしてるんだよね？と訊かれて、普段は大学近くのファミレスで働き、単発で商品を詰めたりまとめたりする工場のバイトもしていると説明する。

「それって時給どれくらい？　うちはこの辺りの相場でこのくらい出すけど」

咲莉は彼が提示した時給に目を剥いた。今働いているバイト先より、同じ時間帯でも数百円も高かったのだ。ファミレスの深夜帯の時給と同じくらいある。本当にそんなにもらっていいのかとおそるおそる訊ねると、もちろんだと彼は頷く。

勤務条件は、平日は大学の講義が終わってから来られる日で、休日は出られる限り。時間は二十一時半まで。大学の試験期間などは学業優先で構わないし、休みの希望や変更には柔軟に応じる。

ファミレスのバイトは、休む者がいると次の時間帯のバイトが来るまで帰れなかったり、反対に、入りたい日に人がいっぱいで働けないこともある。働けるだけでもありがたいけれど融通が利かず、それよりもだいぶ条件がよさそうだ。

これだけの高時給で働かせてもらえたら、引越したあともなんとかなるかもしれないと、希望が見えてきた。

しかし、ここで働くためには、ファミレスのバイトを辞めなくてはならない。ぜひお願いしたいが、まずはバイト先に退職を申し出て受理されてから改めて、と頼み、その日は帰宅することにした。

幸いファミレスのほうは、夏休みに向けてアルバイト希望者が集まる時期だった。惜しまれつつも、すんなり二週間後には退職することが決まった。

そうして、初めて店に行った翌週、咲莉は再び桜小路の元を訪れた。

快く迎えてくれた彼に、ファミレスのバイトを辞められそうだと伝える。「それはよかった」と桜小路は意外なほど喜び、また美味しいカフェオレを出してくれた。

しばらく話しているうち、カウンターの向こうに立つ彼が怪訝そうな顔になった。

「あれ、問題なくファミレスのバイトを辞められるのに、何か落ち込んでない？　実は、ここで働くの嫌とか？　僕、強制はしてないよね？　それとも他に何かあった？」と不思議そうに訊かれ、やむを得ず、新たな部屋探しが難航していることを伝えた。

いまの部屋と同じ場所はまず無理で、もっと不便な場所でも更に古い部屋でも三万円以上も高くなってしまうのだ。

「都内の家賃は高いからね」と桜小路は頷き、あのアパートは、建設当時から、彼の祖父が近隣の学生向けにするようにと決めていたため、古いからだけではなく、少々特殊な家賃設定であることを教えてくれる。

もう少し郊外の、家賃が安くなる辺りで探すしかないかもしれないと咲莉が悩んでいると、桜小路がふと思いついたように言った。

「ああ、そうだ。この店の奥に八畳くらいの空き部屋があるんだ。もしどうしても部屋が見つからなかったら、そこに住んでもいいよ」

「い、いや、そんな」

まさかそこまで世話になるわけにはいかないと、咲莉が戸惑っていると、「もうお客さんはこない時間だから、ちょっと見てみる?」と言われて、バックヤードに案内された。

おそるおそる足を踏み入れた奥は、意外に広かった。まず、横長の通路兼事務室のような部屋があり、壁に沿って並んだ棚に紙ナプキンやシュガーなど消耗品の在庫の箱が置かれている。

右手の奥が従業員用の洗面所とトイレで、左手の奥が件の空き部屋だ。

彼が扉を開けて照明をつけると、端のほうに箱が積まれているだけでがらんとした室内が照らされた。上部に明かり取りの窓があり、エアコンもちゃんとついている。

「もし使うなら、ここにあるもの片付けるけど。事務室に予備の机と椅子があるから、こっちに移動すれば勉強もできるし。あとはベッドを入れて、布団一式さえ持ち込めば暮らせるんじゃない? 幸福荘を退去するときの引っ越し代は建て替えの関係でこちらで負担するからお金はかからないし。大学への通学は、一年次はここからだとちょっと時間がかかるから、引っ越し業者が混まない二月くらいをめどに引っ越してきたら？　進級したら、たぶんここからのほうが校舎も近くなるよね」

確かに、二年次から校舎の場所が変わるはずだ。しかし、なぜ彼は咲莉の大学についてこんなに詳しいのだろう。

そんな疑問が顔に出ていたのか、店に戻りながら、桜小路が「そこの大学、何人か知り合いが通ってたから」と説明してくれて納得した。

「この部屋なら家賃も光熱費も不要だし、その分、少しでも余裕ができるんじゃないかな」

あいにく風呂だけはないけれど、すぐそばに二十四時間営業のスポーツジムがある。月数千円の会員費を払えばシャワールームが自由に使えるから、銭湯に行くよりリーズナブルにすむはずだと言う。

あまりに魅力的な話を矢継ぎ早に提示されて、咲莉は困惑した。

なぜ、彼はこんなに親切にしてくれるのだろう。店内なのだから、レジや金庫もあるはずだ。田舎の納屋を貸してくれるのとはわけが違うのに。

——たとえば、なんらかの理由で、夜もここに常駐する人間が欲しいとか？

（まさか、幽霊でも出るのかな……？）

特に超常現象に恐れはないけれど、彼の意図が読めずに不安になる。

「あ、もしかして、何か疑ってる？　しかし、君、思っていることがめちゃめちゃ顔に出るね」

おかしそうに笑いながら、桜小路が顔を覗き込んでくる。美しすぎる顔が近くなり、動揺した咲莉は、「す、すみません、あんまり得なお話ばかりなので、なんだか不安になって」と正直に答えた。

「裏はないから心配しなくていいよ。空き部屋はあるし、困ってるなら使ってもらったらいいかなあと思って。ここ夜はセキュリティーシステムを入れてるから、泥棒とか入ったらすぐに警備員が飛んでくるし、入り口には監視カメラもあるからそこそこ安心できると思う」

そこそこどころか、今のアパートよりずっと強固な警備状況だ。彼は身を起こすと視線を巡らせた。

「僕は店を閉めたら近所にある家に帰るんだけど、この子はこの店に住んでるんだよね……ミエル、おいで」

桜小路が呼ぶと、すぐにお気に入りらしい棚から下りて、白猫がトットッと寄っていく。

「ね、ミエル。山中くんにここに住んでもらってもいいかな？　彼、猫好きだっていうし、仲良くしてくれる？」

ミエルを抱き上げた彼が、一歩咲莉に近づく。ふんふんと咲莉の匂いを嗅ぐしぐさをしたあと、白猫はしばらく思案するような顔をしてこちらを見つめる。フランス語で『蜂蜜』という意味の名は、おそらくこの瞳の色からきているのだろう。賢そうな黄金色の目は、何を考えているのかさっぱりわからない。

しばし咲莉を見つめたあと、ミエルは「ヒャン」と啼いて、今度は桜小路を見上げた。

彼が笑ってミエルを撫でた。

「ミエルはいいよって。もし、本当にここに住むなら、口約束だけじゃなくて、君に不利なことがないように契約書も作るよ」

すぐに決めなくていいから、よく考えてみて、と言われて、咲莉は決意を固める。

「あっ、……あの！」

「うん？」

ミエルを抱き上げた彼が咲莉を見る。綺麗な猫と美しい男は、絵になりすぎる。

まるで中世の肖像画みたいだと思いながら、咲莉は思い切って口を開いた。

「もし……今のお話、本当にお世話になってもいいようでしたら、お願いします」

「あ、ほんと？」

桜小路が眩しいほどの笑みを浮かべる。不意打ちの嬉しそうな笑顔にどきっとして、咲莉は思わず顔が赤くなるのを感じた。

「よかった。これでミエルも寂しくないね」

彼に抱かれた白猫は「ンー」と相槌を打ち、ゴロゴロと喉を鳴らす。

（……なんだ、じゃあ、夜間のこの子のお守りってこと？）

やっとこの好待遇の理由がわかった気がして、咲莉は拍子抜けした。

店に住み慣れている猫を一匹で置いておくのが可哀想だから、夜の間のペットシッターみたいなものだろうか。だったら家に連れて帰ったらいいのにと思うけれど、家に猫が苦手な家族でもいるのかもしれない。そもそも、咲莉にとってすべてがありがたすぎる条件なので、意見など言える立場にはなかった。

「あー、そうそう、あともう一つ。もし、大学卒業までここで働いてくれたら、家賃の滞納分は卒業祝いで帳消しにする。それから、君がお祖母さんの入院費として負担したお金もまとめて出してあげるよ」

「えっ⁉」

驚きすぎて、咲莉は彼の申し出の意味をとっさに呑み込めなかった。

（今この人、滞納してる家賃を帳消しにしてくれる、って言った……？）

――しかも、祖母の入院費まで出すと言われたような気がするのだが。

理解不能な申し出に困惑する。咲莉がおそるおそる理由を訊くと「だから、卒業祝いだって」と言われた。

「本当のところを言うと、まともに働いてくれる人を雇うのって、めちゃくちゃ大変なんだよ。バイトの求人を出すとしたら、何人も面接したりして時間がかかるし。山中くんはレジを破壊して現金を盗もうとか、考えたこともなさそうだから」

ため息交じりに彼は言う。

泥棒なんてぜったいにするつもりはない。彼の説明で、そういうことか、と咲莉はようやく納得する。

延滞していた家賃を帳消しにしてもらえて、割のいいアルバイト先と、それから無料で住める部屋までもが決まった。

しかも、憧れの可愛い猫付きの住まいだ。

(こんなラッキーなことってある?)

落ち着いて考えてみれば、少々話がうますぎる。何か、後悔するような裏があるのかもしれないと疑うのが普通だ。

でも、桜小路は、家賃を滞納して迷惑をかけている咲莉に、わざわざ会う時間を取り、少しも責めずに事情を聞いてくれた。更には、美味しいカフェオレと焼きたてのピザトーストト、そしてお代わりのカプチーノまで出してくれて、咲莉が代金を払おうとしても決して受け取ろうとはしなかった。

あの日、飲み食いをさせて腹を満たしてくれたのは、もしかしたら、追い詰められていた咲莉が、朝からまともに食べていないことに気づいたからかもしれない。

会ったばかりだけれど、彼が何か悪いことを考えるような人間だとは到底思えない。

そもそも、桜小路の申し出を逃せば、咲莉はいつか行き詰まり、中退する未来しか残っていないのだから。

「僕、名字が長いから、よかったら下の名前で呼んで。山中くん、咲莉くん？　どっちのほうがいいかな。下の名前は嫌いなの？」

「ええと、どちらでも構いません。特に嫌いってわけじゃないので」

そう、と答えてから、少し悩むような顔で、聖鷹が言った。

「じゃあ、とりあえず客の前では山中くんって呼ぶようにする。これからよろしくね。願わくは、長く続けてくれたら嬉しい」

「は、はい、こちらこそよろしくお願いします。頑張るので、卒業まで働かせてください！」

咲莉は力を込めてそう言うと、深々と頭を下げた。


あれから約一年の時が過ぎ、咲莉は無事に二年次に進級した。

春先には店の奥の部屋に引っ越しもして、クイーン・ジェーンでアルバイトに入れる限り働かせてもらっている。聖鷹はきちんと働いた分の給料を振り込んでくれるので、今ではなんとわずかずつだが貯金までできる。贅沢するほどではなくとも、懐に少々の余裕が生まれると、気持ちの上での安心感がまったく違う。

退院した祖母も以前と変わらないほど元気を取り戻し、大学では少ないが友達もできた。絶望に包まれ、将来を諦めかけていた頃とは大違いで、すべてが順調だ。

（……それもこれも、全部聖鷹さんのおかげだな……）

聖鷹に少しでも恩返しをしたくて、一人でも多くの客が来てくれるようにあれこれ提案してみたこともあった。もっと外から見える位置に看板を移すとか、聖鷹の料理はどれも美味しいからランチメニューを始めるのはどうかなど。

けれど不思議なことに当のオーナーである聖鷹は、あまり気乗りしない様子だった。それどころか、むしろ、店が混んでほしくないようにすら思えるのが不思議だ。

この店の珈琲につけられた変わった名前は、彼が三年前に店を受け継ぐ以前からのものらしい。

その、やや縁起の悪そうだと言えなくもない店名とメニュー名のせいか、もしくは目立たない入り口のせいか。欧風珈琲喫茶クイーン・ジェーンは、いつまで経っても知る人ぞ知る、ご近所さんのひっそりとした穴場的な店になっている。

聖鷹は、平日の昼間、店がガラガラなことがあってもちっとも焦る様子はない。定期的にやってくる、店の看板や販促広告を出しませんかという広告会社の営業マンもことごとく断っている。

古い物件とはいえアパート経営をしているくらいだし、どうも話を聞く感じだと、他にもいくつか持ち物件があるらしい。カツカツしたところがまるでない彼にとって、もしかしたら喫茶店経営は趣味のようなものなのかもしれない。

一年以上そばにいても、聖鷹のことはよくわからない。

人々に求められる、『捜し物』をしているときでさえ、どこか物憂げで、退屈そうにすら見える。

彼の真剣な眼差しを見られるのは、ハンドドリップするこだわりの珈琲を淹れているときと——それから溺愛する愛猫ミエルを病院に連れていくときだけだ。

咲莉はいつしか彼に淡い恋心を抱き始めている自分に気づいた。

聖鷹は綺麗な上に優しくて、親切で、好きにならずにいられるわけがない。

もっと彼に近づきたい気もするが、もし深く知れば、逆に彼との距離がいっそう遠くなってしまう気がして躊躇う。

本能的に、彼は自分とはかけ離れた存在であるとわかっているからだろう。

聖鷹自身も、咲莉には特に親しげに接し、あれこれと助けの手を差し伸べてくれながらも、一定の距離を置いて関わっているように思える。

そもそも、聖鷹とこれから先ずっと一緒にいられるわけではない。

(……この店でアルバイトができるのも、大学を卒業するまでの間だけだから……)

憧れの人と過ごせる残りの時間を気にしつつ、咲莉は期間限定の切ない幸せを日々噛み締めていた。

【２　推理は甘いモカの香りに包まれて】

「いらっしゃいませ！　お一人様ですか？」

咲莉は客を席に案内すると、急いでお冷やとおしぼりを用意した。

外の気温が高い時期は喫茶店の繁忙期だ。客の回転率が高く、アイスコーヒーやフロート系の飲み物がよく出るので、聖鷹もカウンターの中でオーダーをこなすのに追われている。

大学の前期試験が終わり、二年目の夏休みが始まった。

海やBBQに誘ってくれた同期生もいたが、丁重に断った。今年も遊びの予定は入れず、アルバイトに励むことにしている。

だが、咲莉がたくさんシフトに入れば、入った分だけ店の人件費がかさんでしまう。これまでは聖鷹が一人で回していた店なので、考えてみればけっこうな負担だろう。

そこで、最大でどのくらいなら働かせてもらえるかを聖鷹に訊ねたところ、『咲莉くんがいてくれると、その分いろいろはかどって助かる』という答えが返ってきた。そういえば、客が少ない時間帯、注文をこなしたあと、聖鷹はバックヤードに籠もってパソコンで何かをしていることがある。珈琲豆の卸業者が来て新しい銘柄のテイスティングをすることもあるし、店で必要な消耗品の発注や、他にも大家業の関係なのか事務作業があるらしい。

具体的に訊くと、無理のない範囲なら何日でも構わないと言ってくれたので、遠慮なく、週五日から六日の八時間、みっちりと働かせてもらうことになった。

「咲莉くんは本当に働き者だなあ。僕は楽できて助かるけど、息抜きしたいときはいつでも休みを取っていいからね」と彼は感心した様子だったが、咲莉としては、少々後ろめたい。

何せ、憧れを抱いている彼と夏の間中毎日一緒に働けて、その上時給までもらえるのだから、自分としては役得だ。

それに、聖鷹の元には、時折『捜し物』依頼の客がやってくる。

そのほとんどが、家庭内でのささやかな揉め事や小さな困り事だが、ごく稀に三原の指輪のような大物の話が舞い込むこともある。

彼が鮮やかになくし物を捜し当てるのは、平凡な日々を送る咲莉にとっては小説やドラマを見るみたいに刺激的でわくわくする。

依頼には、同時に重たい人間関係の悩み事も関わってくることがある。そのせいか、特に探偵扱いを喜んでいるわけではないらしい聖鷹にはとても言えないけれど、次のお客さんはまだかなあと密かに待ち遠しく思うことすらあった。

夏季休暇の間は、趣味の小説も書き進められそうだ。

今書いているのは、男子高校生が探偵の助手をする話で、探偵は美貌の不動産王という設定だ。冷酷無比な大の猫嫌いで、性格は正反対なのだが、外見だけは無意識のうちに聖鷹をモデルにしてしまった。毎日彼の美しい顔をそばで眺められるので、想像も進み、休憩時間にはさくさくと執筆もはかどる。

（いつか、本を出してもらえる日が来るといいな……）

咲莉は幼い頃から、祖父の作品と、書斎にある膨大な量の本に囲まれて育ってきた。つらかったり、悲しかったりするときには、いつもお気に入りの本を読んで心を慰められてきた。一冊、本を出版して、できることなら先々は執筆で食べていきたい。誰にも言えないけれど、それが子供の頃からの夢だ。

今書いている話をまとめたら、夏休みが終わるまでに出版社の賞に応募するつもりだ。聖鷹の店で働き始めるまでは、じっくりと創作に向き合う時間の余裕がなかった。とはいえ、書く時間が取れるのも就職活動を始めるまでだと思うと、もう残り一年ほどだ。

その間にできる限り作品を書き溜めて、卒業までに小さくてもいいから賞に引っかかりたいというのが、咲莉の目下の目標だった。

夕暮れ時になり、客の波が少し引いてきた。

今日は珍しく店が混み、いっときは満席になるほどだった。咲莉は注文を取り食器を下げお冷やを足してと忙しく働いた。やっと客の入りが落ち着くと、「お疲れさまだったね」と言って、聖鷹がまかないに好物のピザトーストを作ってくれる。チーズと特製のトマトソースが絶妙なそれで腹を満たし、咲莉は十五分ほどで急いで休憩を終えて店に戻った。

「戻りました！　お先にすいません、休憩どうぞ」

「えっ、早すぎない？　まだ休んでいていいよ」

咲莉がエプロンを着け直していると、注文を取って戻ってきた聖鷹が目を丸くする。だが、今日は咲莉と同じように聖鷹だってずっと立ちっぱなしで、カウンターの中で注文を作り続けていたのだからおあいこだ。

「もうじゅうぶん休みましたから、聖鷹さんもお昼食べてください」

元気にそう言ったが、彼に困った顔をされたので、暇になったらあとでもう一回休憩をもらうということで納得してもらう。

入れ替わりで聖鷹がバックヤードに消えると、店内の様子に目を配りつつ、下げてきた食器を洗う。

チリンというベルの音とともに扉が開いて、咲莉は顔を上げる。

入ってきたのは、一瞬ハッとするくらいに綺麗な女性だった。肩までの髪に品のあるワンピースを着て、小さな真珠のピアスがよく似合っている。

「いらっしゃいませ！」

慌てて手を拭き、カウンターを出ながら「お一人様ですか？」と声をかける。

「はい、あの……店長さんはいらっしゃいますか？」

店内を見回しながら訊ねられて、どうやら彼女は聖鷹の客らしいと気づく。

（『捜し物』のお客さんかな……？）

常連ではないようだが、誰の紹介だろう。まだ他にも客がいる手前、あまりここで詳しいことは聞かないほうがいいかもしれない。

「今、呼んできますね。少々お待ちください」と言い置いて、咲莉は奥に繋がるドアに近づく。すると、開けるより前に、スッとドアが向こう側に開いた。

「――ごめん、今開けるところだった？」

扉の向こうから、空の皿とグラスの載ったトレーを手にした聖鷹が顔を出す。

「大丈夫です、すみません、今、お客様が」

来客のことを伝えようとすると、聖鷹が彼女を見て驚いた顔になった。

「あれ、美沙子さん。どうしたの？」

ミサコと呼ばれた女性は、聖鷹を見てホッとした顔になった。

「突然ごめんなさい。少し話したいことがあって。手が空くまで待つから、時間をもらえないかしら」

「わかった。山中くん、ごめん。悪いけど、もう少し任せてもいいかな？」

聖鷹が言い、「も、もちろんです」と咲莉は慌てて頷く。

珈琲もフードメニューも一通り作れる。肝心の珈琲は、何度やっても聖鷹が淹れたものには敵わないけれど、頑張らなくてはと咲莉は気合を入れる。

ふと、彼女がカウンターのそばにある棚の上に目を留めた。ミエルはお気に入りの場所のひとつである自分のベッドで寝ている。

「ミエルも元気そうね」

彼女は目を細めて白猫に近寄るが、小さく目を開けたミエルは、なぜかふいっとそっぽを向いてしまう。美沙子はその様子に苦笑して肩を竦めた。

「相変わらず、私には懐いてくれないみたい」

「さっきまで寝てたから、ちょっと機嫌が悪いのかも」

聖鷹がすまなそうにフォローしている。

決して人を引っかいたりはしないけれど、ミエルはどの客にでも愛嬌を振り撒くタイプの猫ではない。気が乗らなければ目も合わせないし、好きではない客のときは撫でられそうになるとサッと逃げてしまうのだ。

聖鷹は美沙子を空いていた窓際の席に案内してから、自ら二人分のホットコーヒーを淹れる。「少しだけごめんね」と咲莉に言い置いてエプロンを外すと、トレーにカップを載せて持っていき、彼女の隣の席に腰を下ろした。

お冷やのお代わりを注いで回りながら、咲莉は話している二人のほうをさりげなく見る。

三十代半ばくらいだろうか、美沙子は二十九歳の聖鷹より少し年上に見える。

たまに聖鷹の知り合いが店を訪れることはあるが、だいたいが学生時代の友人か、もしくは近所のご老人だ。

若い女性――しかも、こんなに綺麗な人が来るのは、咲莉がこの店で働くようになってから、知る限り初めてのことだ。

（誰なんだろう……、もしかしたら、恋人……？）

聖鷹から交際相手の話を聞いたことは一度もない。店に来ることもないし、スマホで頻繁にやりとりをしている様子もない。誰かと個人的に会う話も聞かなかったから、咲莉は勝手に、彼は誰とも付き合っていないのだと思い込んでいた。

（……だけど、そんなわけないよね……）

容姿に恵まれている上に、聖鷹は性格も温厚で、バイトの咲莉にもいつも優しい。しかも、都内の一等地にある喫茶店を経営していて、アパートの家賃収入もある。住まいもこのすぐそばだ。条件としては同年代の男性に比べるとじゅうぶんすぎるくらいで、むしろ交際相手がいないほうが不思議だろう。

頭は冷静に納得している。それなのに、咲莉は内心で驚くほど動揺している自分に気づく。

ちらりと視界に入った二人の様子は、やけに親密そうに思える。

咲莉は気を引き締め、つい無意識のうちに彼らの席を見てしまいそうになる自分を叱咤した。

(だめだめ、仕事中!)

そうこうしているうちに、客の一人が席を立った。会計をして見送り、食器を下げていると、新たに三人組の客が入ってくる。「こんにちは」と声をかけてくれた中年女性たちの一人は、近所にある老舗の向井《むかい》時計店の娘で、常連客だ。

「いらっしゃいませ、向井さん。奥のお席にどうぞ」

忙しくしていれば聖鷹たちを気にせずにいられると、咲莉はむしろホッとして接客に集中した。

咲莉が注文を受けていると、美沙子が席を立つのが見えた。レジで財布を出そうとする彼女に、聖鷹がいらないと伝えているようだ。

慌てて目をそらし、咲莉は注文伝票を持ってカウンターの中に戻る。控えめなクラシックのBGMに混じって、ちょうど店を出ようとした彼女と聖鷹の会話が聞こえてしまった。

「連絡するよ」

「ええ。いつもありがとう。また頼ってしまってごめんなさい」

「大丈夫だよ。困ったことがあったら言って」

聖鷹はそう言うと、彼女を見送りに店の外に出る。

(いったい、なんの話をしてたんだろう……)

聞かないように努めても少し耳に入ってしまった。だがわかったのは、彼女が聖鷹に何か頼み事をしたらしいということだけだ。

咲莉が注文品を作るためにグラスを出して並べていると、二人分のカップを片付けて、聖鷹がすぐに戻ってきた。

「任せちゃってごめんね。注文は何？ 僕が作るよ」

エプロンを着けながら訊かれて、咲莉は注文品を読み上げる。

「アントワネットのアイスが二、エリザベートのホットが一、ケーキセット二とスコーンセット一です。俺、ケーキとスコーンの準備しますね」

ありがとう、と言われて、ハンドドリップの準備をする彼に背を向けて冷蔵庫を開ける。手を動かしながら、咲莉は胸の奥がちりちりと痛むのを感じた。それがなぜなのかはなるべく考えないようにしつつ、自家製のシフォンケーキを皿に載せ、今日聖鷹が焼いたスコーンをオーブンで軽く温め直す。

「はい、アントワネット二、すぐエリザベートのホットもできるから」と聖鷹に言われて待ち、先に飲み物を運ぶ。

「お待たせしました。先にお飲み物をお持ちしました」

咲莉が飲み物を運んでいくと「あたしと彼女がアントワネットで彼女がエリザベートよ」と向井が指さす。それらを提供している間に、聖鷹がセットのシフォンケーキを二つとスコーンを運んできてくれた。

彼が「セットのスイーツをお持ちしました」と言って皿を出すと、パッと客たちが目を輝かせる。

今日のスイーツは、エスプレッソシフォンケーキとスコーンだ。

どちらも生地にエスプレッソを混ぜて焼き上げ、それぞれたっぷりの生クリームとクロテッドクリームを添えている。香ばしい珈琲風味が好評で、店の人気メニューでもある。

聖鷹は「ごゆっくりどうぞ」と一礼して戻ってきた。

「……ちょっと、やだあ、ほんとにカッコいいじゃない！」

「ね、イケメンでしょー？」

「あら、ケーキも美味しい！　次はスコーン食べに来なきゃ」

向井たちが興奮気味にひそひそと話す声が、カウンターにいる咲莉にまで聞こえてくる。

彼女たちは、ちらちらと聖鷹に視線を向けているようだ。

この店の店長が抜群に男前だというのは、近所でも当然のごとく密かな評判で、咲莉もこういった反応には慣れている。

というか、いつもなら、そんな声が上がるたびに『俺もそう思います！』と完全同意で話に加わりたいくらいだった。

ふいに「ごめん、ちょっと電話してくる」と咲莉に言い置き、聖鷹がスマホを操作しながらバックヤードに入る。

「――もしもし、有馬？」

ドアが閉まる前に相手が出たようだ。友人の刑事の名前が聞こえて、相手が美沙子ではないことになんとなく安心する。そんな自分の感情を慌てて打ち消し、仕事に気持ちを向ける。

十分も経たないうちに聖鷹はバックヤードから出てきた。カウンターの中に入り、「戻ったよ」と、皿を洗っていた咲莉に声をかけてくる。

皿を片付けてグラスを補充する咲莉の隣に立ち、彼がスコーンの在庫をチェックする。いつもなら一緒に働けることが嬉しいのに、今は聖鷹のそばにいるのが居たたまれない。

「俺、そろそろミエルのご飯の用意しますね」

「うん、ありがとう」と言われ、カウンターを出ようとしたときだ。

「咲莉くん、ちょっといい？」

「はい？」

聖鷹に呼び止められて振り向くと、なぜか難しい顔になった彼が、自らの腰に片手を当てて、じっと咲莉の顔を見つめてくる。

「な、なんでしょう……」

整いすぎた顔で見据えられ、見慣れているのにもかかわらず緊張してしまう。

「――正直に言って。おなか痛い？」

「えっ？」

「なんかさっきからいつもと違う。元気がない。我慢強い咲莉くんが、僕にわかるくらい様子が変だなんておかしいよ」

真剣な眼差しで言われて、どきっとする。

「つまり、どこか痛いとか、調子が悪いんだろう？　頭痛？　それとも腹痛？　常備薬はあるし、僕のかかりつけの病院も近くにあるから紹介するよ。無理をする必要はないんだから、大事になる前に僕にだけはちゃんと教えてほしい」

珍しく、やや的外れな彼の推理に、咲莉はぽかんとなった。

自分が彼とまともに目を合わせられなかったのは、先ほど訪れた美沙子が聖鷹にとってどんな存在なのかが気になって、胸が苦しかったからだ。

それなのに、彼は様子のおかしさを誤解して、咲莉の体調を真面目に心配してくれている。

そう気づくと、自分の中でもやもやとしていた感情がスッと晴れたようになった。

（そうだ……聖鷹さんは、こういう人なんだよな……）
最初から彼は優しかった。惹かれたのは、会ったこともないほど際立った見た目の美しさからだったと思う。けれど、咲莉が彼に改めて特別な想いを抱くようになったのは、店で一緒に働き始めてからのことだ。

ファミレスでバイトをしていたし、受験期間前は時々単発イベントのレジなどで接客の経験はあった。

それなりに覚えもよく、器用なほうだと思うけれど、喫茶店はまた勝手が違い、この一年で食器を割ったり、注文を間違えたりと、何度か失敗もした。でも、聖鷹は一度も嫌な顔をしたり、頭ごなしに怒鳴ったりすることはなかった。皿を割ったら、『人間なんだから失敗することもあるよ』と言って、まず当たり前のように、怪我がないかを気にして、様子がおかしいと気づいたら、叱咤するのではなく、具合が悪いのだと思って気遣ってくれた。

そもそも、咲莉に何かを頼むときもいつも丁寧な口調で、彼がきつい言い方をするのを聞いたことは一度もない。

新聞販売店の店長やイベントのバイト先のリーダーからは、一生懸命働いても、なんだかんだと苛立ちをぶつけられることもあった。懐が豊かで、売り上げに血眼になっている店ではないということを除いても、聖鷹は人間ができている。ただのバイトでしかない咲莉を、一緒に働く一人の人間として大切に扱ってくれる。最高の雇い主だ。

当然のことなのかもしれないけれど、そんなふうにバイトをまともに扱ってくれる雇い主は、意外と少ない。

――そういう人だから、きっと好きになったのだ。

しみじみと思いながら、咲莉は口を開いた。

「大丈夫です、どこも痛くありません」

「……本当に？」

訝しげに顔を覗き込まれて、こくこくと何度も頷く。

「すみません、ちょっと考え事してて」と言い、心配をかけたことを詫びる。

「そう。だったらいいんだけど。もし困ったことがあるなら、なんだって相談に乗るよ」

やっと安堵した様子の聖鷹の言葉は、先ほど美沙子にかけたのと同じように優しい。つきんとまた胸が小さく痛んだ。

「ありがとうございます、そのときは相談させてください」

もちろん、と返事をした彼がガラスケースから今日の最後のスコーンを二つ取り出す。それをオーブンで温めながら、珈琲を淹れ始めた。咲莉はミエルのためのパウチを箱から取り出しながら、注文は入っていないから彼が自分で食べるのかな、と考えていた。

聖鷹はスコーンを皿に載せ、たっぷりのクロテッドクリームを添える。カップにはミルクとエスプレッソを同時に注ぎ、カフェオレを作っている。ふわっといい香りが立ち上り、美しい曲線を描いて二つの液体が混ざり合っていく。

カップと皿をトレーに載せると、彼は「はい」と言ってそれを咲莉に渡してきた。

「えっ⁉ これ、俺の分ですか？」

今日はもう休憩を取ったし、美味しいまかないも食べたのに。

「うん。僕も休憩を長く取ったし、今日はいつもより忙しかったから。疲れただろ？ ここを片付けたらミエルのごはんは僕がやるよ。少しのんびりしていいから、裏で食べておいで」

にっこりと言われて、感激する。作ってくれたのは、咲莉が一番好きな飲み物と、この店のスイーツで一番好きなものだ。

礼を言ってバックヤードに入る前に、ふと思い立って咲莉は呼びかけた。

「……あの、聖鷹さん」

「うん？」

身を屈めて冷蔵ケースの中を拭いていた彼が、こちらに目を向ける。何げない口調を心がけながら、咲莉は言った。

「さっきいらしたお客さん、ミエルのこと知ってるんですね」

「ああ、美沙子さん？ 何度か会ったことがあるからね。この店を開くとき、最初の一か月は知り合いを無料で招待してたから」

そう言いながら、彼はあと一切れになったシフォンケーキを皿に載せ、新しくホールのものを出す。

「次に来たらちゃんと紹介するよ。彼女もまあ、身内の一人みたいなものだから」

ケーキをカットしながら、聖鷹はどこか照れくさそうな顔で言う。

咲莉は内心で激しい衝撃を受けた。

どうにか平静を装い、そうなんですねと相槌を打つ。

ミエルは、この店の開店準備をしているときに、店のそばに捨てられていた子猫だったそうだ。いっときは近所の人に保護されたものの、里親探しの話を聞いて、聖鷹が飼うことにしたのだと聞いている。

だから、ミエルが仔猫のときに会ったことがあるなら、咲莉がバイトに入るよりずいぶん前から、聖鷹と美沙子は交流があるということになる。

「あ、や、やっぱり、ミエルのごはんだけ、やってから休憩します！」

気持ちを誤魔化すように言い、フードを皿に盛ってからカウンターを出る。ミエルのところに行きながら、咲莉は足元がぐらぐらするのを感じた。

——身内みたいなもの。

(……それってつまり……、婚約者、ってこと……？)

わざわざ訊かなければよかった、と深く後悔したが、後の祭りだ。

それに、どうせ知ることになるのなら、ショックを受けるのが早いか遅いかだけの違いだろう。

——告白すらできないまま、失恋してしまった。

動揺を堪えて、咲莉はミエルに声をかけた。

「ミエル、さあごはんだよ」

動揺で声が震えないようにするのがせいいっぱいだった。伸びをして猫用ベッドから起き上がった白猫が、不思議そうな目で咲莉を見る。

まるで、何もかもお見通しみたいに、やれやれという顔で首をかしげる。ミエルは「ンー」と面倒くさそうに啼いてから、食事に取りかかった。

＊

「なあに、ひらりちゃん。辛気くさい顔して。失恋でもしたの？」

常連客のエリカにいきなり図星を突かれる。咲莉はテーブルに置こうとしていたお冷やを零しそうになってしまった。

（エリカさん、勘よすぎ……！）

「し、してないですよ」

「嘘ね。色恋沙汰で覇気がないのはすぐにわかるわ。この間来た客も、暗い顔してるから話を聞いたら『妻に家を追い出された』って絶望しててねえ。ちゃんと話し合いなさいって尻を叩いといたけどどうなったかしら」

別れたんじゃなぁい、とエリカの連れが言ってけらけらと笑う。

「あの、お決まりでしたら、ご注文をどうぞ」

テーブル席からは距離があるけれど、この話がカウンターの中にいる聖鷹に聞こえていたらどうしようと不安になる。促すと、しつこくはせず彼女は注文を告げた。

「あたしはアントワネット、この子たちはアイスのジャンヌ・ダルク。全員本日のスコーンセットでお願い。あ、クロテッドクリームはたっぷりめでね！」

見た目の華やかな美女は、少し低めな声で注文する。

美沙子がやってきた翌日の夕方、常連客の松島《まつしま》エリカが後輩を連れて四人でやってきた。

注文を取ってカウンターに戻ると、ちょうど別の客が注文したスコーンの皿の盛り付けができていた。辺りには温めたスコーンと珈琲のいい香りが漂っている。

「咲莉くん、大丈夫？　もしまた松島たちがしつこかったら、いつでも代わるよ」

聖鷹は心配顔で声を潜めて言う。

「ありがとうございます、大丈夫です。俺、これお出ししてきますね！」と言って、咲莉は先に注文を受けた客の元にスコーンの皿を持っていく。

松島エリカは、パッと見は完全に妖艶な雰囲気をした長身の女性だ。美沙子が静のイメージの美女なら、エリカは動といった感じで、どちらも綺麗だけれど美のタイプが違う。

そんなエリカの性別は男で、異性装は仕事兼、趣味のようなものらしい。『だって、こっちのほうが似合うんだもの』と言われると、確かにと頷くほかはない。

彼は有馬や聖鷹の幼馴染みで、彼らと同じ高校を卒業後に、資金を貯めて店を開いた。今はここから何本か裏手に入った通りで、女装した男性が接客に当たる会員制の高級クラブのオーナーをしている。

店は繁盛しているらしく、他にも何店舗かグループ展開していると聞いた。そんな彼はこの店の珈琲とスコーンがお気に入りで、仕事の身支度が早めにできると、定期的に後輩たちを連れてこうして店に来てくれる。

エリカは初めて店で会ったときから、『あら、新人バイトちゃんが入ったの？　よろしくねぇ』と咲莉に声をかけてくれた。『初々しくて可愛いわねぇ、やだ、お肌綺麗！　ねえ、水商売に興味あったらうちの店で働かない？』とものすごい勢いで勧誘され、丁重に断ったものの、その後も体験入店でもいいから！と誘われ続けている。聖鷹が本気で怒ったあとは表立っては誘われなくなったけれど、どうやら今でも咲莉を引き抜くことを諦めていないらしい。

客席をざっと見てから咲莉はカウンターに戻り、オーダーの品を作る聖鷹の手伝いに入る。

先にできた飲み物を咲莉が運ぶと、聖鷹がスコーンの皿を届けに来てくれた。エリカの連れたちが「相変わらず、超絶イケメンね〜」と囁き合ってうっとりと聖鷹を眺め、美貌の店主と美味しそうなスコーンに交互に歓声を上げる。

咲莉が先にカウンターに戻ろうとしたとき、エリカが殊更に低い男声で言った。

「ちょっとキヨ。あんた、ひらりちゃんを働かせすぎなんじゃないの？」

「人聞きの悪いこと言うなよ。いつも好きなときに休みを取っていいって言ってあるよ」

聖鷹は呆れたように返している。

「じゃあ何、あの子が落ち込んでるのは何？　もしかして、あんたフったの？」

（ひいっ、え、エリカさん⁉）

いったい何を言い出すのか。先ほどに続いてのエリカの爆弾発言に、咲莉の心臓は縮み上がった。エリカの連れたちが「えー、ひどーい！」と口々に聖鷹を責め立てる。

「何言ってるんだよ、咲莉くんにしてみたら年上すぎて、僕は守備範囲外だ」

まったく動じない聖鷹の言葉が聞こえ、カウンターに戻って皿を洗おうとしていた咲莉は、ぐさりと胸を突き刺されたような気持ちになった。

エリカたちを軽くあしらい「ごゆっくりどうぞ」と言ってから、聖鷹はカウンターに戻ってくる。エリカが「あいつは高校時代もモテモテでねえ」と後輩たちに話す声が聞こえる。高校生だった頃の聖鷹の話なんて、普段ならつい聞き耳を立てたいくらい気になるはずだけれど、今はそういう元気もない。

「ごめんね、咲莉くん。次から松島たちが来たら僕が接客するから」

聖鷹はすまなそうに気遣ってくれる。気にしてないです、と笑顔で返しながら、心は傷ついていた。エリカの指摘には驚いたけれど、いろいろなことを言う客がいるから、正直、それほど気にはならない。

咲莉がショックだったのは、聖鷹の言葉だ。

(俺のこと守備範囲外と思っているのは、聖鷹さんのほうですよ……)

数年前、日本でもようやく同性婚が合法化された。

現在では同性カップルでも男女のカップルと同じように正式に結婚できるようになり、

同性婚を受け入れる仕組みも整ってきたところだ。

そんな中で、咲莉は自然と同性の聖鷹に好意を抱いた。法律上は、聖鷹とは結婚も許される間柄だ。けれど、十歳年上の彼からは、まったく恋愛対象として見てもらえていない。そもそも、彼にはすでに決まった人がいるのだから、相手にしてもらえなくて当然なのだけれど。

お冷やを注ぎに行ったとき、「そんな悲しそうにしてたら、可愛い顔が台無しよ。つらかったらいつでも話聞くから、遊びにいらっしゃいね」とエリカに言われ、聖鷹に気づかれないよう、店の名刺を渡された。

冗談ぽく言うのは、彼の思いやりなのだと気づく。夜の店に遊びに行くつもりはないけれど、気持ちがありがたく、咲莉は礼を言ってそれを受け取った。


それからも淡々と日々は過ぎ、ある日の午前中、店に華やかな客がやってきた。

「こんにちは、聖鷹さん、咲莉くん！」

「鞠子《まりこ》さん、いらっしゃいませ」

咲莉は慌てて挨拶をして、聖鷹に目を向ける。

訪問着姿の桜小路鞠子は、聖鷹の母だ。現在は都内から鎌倉に住まいを移しているのだが、月に一度程度、日帰りか一泊二日で、こうして都内にやってくる。さすがに聖鷹の母だけあって女優のような美貌の持ち主だ。

彼女は店内に視線を巡らせる。カウンター席の椅子でまったりしているミエルを見つけると、嬉々として「みーちゃん」と呼んで撫でに行く。ミエルは『また来たの』という顔だが、好きに触らせているところを見ると、鞠子のことは気に入っているらしい。

「いらっしゃい、鞠子さん。何か飲み物でも？」

息子の問いかけに、鞠子はミエルを撫でながら頬を膨らませる。

「私が珈琲は飲めないって知ってて聞いているの？」

「はいはい、すみませんね、うちは珈琲専門店なので」

聖鷹は肩を竦めている。

「あの、俺、紅茶とか緑茶とか、何か買ってきましょうか？」

咲莉は慌てて申し出る。すぐそばにある百貨店の地下に行けば、珈琲以外の飲み物がいくらでも揃っている。

「いいわ。さっき歌舞伎座を観に行って、お友達とお昼を食べたところだから。夕方からまた別のお友達と浜松町で観劇なの」

すぐに機嫌を直したようで、鞠子はにこにこして咲莉に言う。

「それで、咲莉くん、明日の予定は大丈夫かしら？」

「あ、はい、大丈夫です！」

これまで、鞠子が都内に来た際は、聖鷹がやむなく店を閉めて付き合っていた。だが、彼女はバイトに入った咲莉をなぜか気に入り、『お買い物の付き添いは、今度から咲莉くんにお願いしたいわ』と言い出した。

最初は『咲莉くんは貸さないよ』と断固として断っていた聖鷹だったが、あまりに誘われるので、咲莉がたまにはと同行に応じようとすると、渋々ながら今回は許してくれた。それなら時間分のバイト代を出すとも言われたけれど、仕事とは違うので丁重に断りを入れてある。

「嬉しいわ、明日が楽しみ！　約束ね」

天真爛漫な鞠子は咲莉の手を取って指切りをする。指切りなんて子供の頃以来だと、咲莉も思わず笑顔になった。

「鞠子さん、咲莉くんをおもちゃにしないでね」

顔を顰めた聖鷹は、母親のことを名前で呼ぶ。鞠子があまりに若く見えるので、顔立ちの似た二人は年の差のある姉弟のようにも見える。

「人聞きの悪いこと言わないでちょうだい。おもちゃになんかしないわよ。じゃあ咲莉くん、また明日ね！」と手を振って機嫌よく鞠子は店を去った。

「――咲莉くん。本当に明日は鞠子さんに付き合ってもらっていいの？」

その日の閉店間際、心配そうに聖鷹が訊いてきた。

「大丈夫ですよ、上京してから大学とバイト先の往復ぐらいで、あんまり街中をうろうろする機会ってなかったんで、実は俺もちょっと楽しみなんです」

正直に言うと、彼はかすかに目を瞬かせて、頬を緩めた。はーっとため息を吐く。

「まったく、咲莉くんはなんていい子なんだろうね。悪いね、ありがとう」とすまなそうに言い、聖鷹は戸締まりを確認する。

二十二時を過ぎ、片付けと夕食も済ませて、聖鷹はすでに帰る支度も終えている。

ミエルとともに見送ろうとした咲莉を、彼はなぜかじっと見た。

「うーん」

目を覗き込まれて、咲莉の胸の鼓動はどきんと跳ねる。

「やっぱりここのところ、なんだか元気がなくない？」

「そんなことないですよ」と言ったけれど、聖鷹はすんなり納得してはくれなかった。

「もしかして、この間の松島？　それとも、他のお客さんに何か嫌なことでも言われた？」

「いえ、何もないです。すみません、いつも通り接客してるつもりなんですけど」

咲莉が恐縮しながら言うと、聖鷹は「接客のときは大丈夫」と頷く。

「お客さんの前ではいつも通りなんだよ。気になるのは、それ以外のときだ。まだ夏休みだし、教授にいじめられたとか大学の友達と喧嘩したとか、そういうのじゃないよね？」

「みんな優しいし、ほんとに元気です！　毎日暑いから、もしかしたら、少し夏バテしてるのかな」

うまく誤魔化せなくて、咲莉は笑顔を作ってそう言い訳をする。

美沙子が訪れてから、もう一週間以上が経っている。

失恋しても日常は続く。しかも、咲莉は彼の店の空き部屋を借りて暮らし、ほぼ毎日店でアルバイトをさせてもらっている身だ。

否応なしに聖鷹と毎日顔を合わせなくてはならないので、なかなか気が紛れず、心の傷も塞がらない。

咲莉は、今まで彼の関心が誰かに向いているところを見たことがなかった。そのせいか、自分がだいたいどのくらい、どんな気持ちで彼を想っているのかに気づかずにいたのだ。

わかったことは一つ。

どうやら自分は、自分で思うよりもずっと、聖鷹のことを好きになっていたようだ、ということだ。

（……意外ときついものなんだなあ……）

好きな人に決まった相手がいたということが、こんなにも苦しくてあとを引くだなんて思いもしなかった。

　咲莉はこれまで、ちゃんと人を好きになったことがなかった。だから、恋をするのも、想いが叶わない経験も、これが初めてだ。想像以上のダメージを受けているのは、そのせいだろう。

　いつも気を失うように眠りに落ち、食べ物を残すなどもってのほかと常に完食してきたのに、ここのところはなんだかうまく寝つけず、食欲もあまり湧かない。

　それでも休まずバイトに出ているし、仕事は手を抜いていない。趣味の執筆は、うっかり探偵役のモデルを聖鷹にしてしまったせいで、彼を描写するのがつらく、少々停滞気味だけれど、その間にこれまで書いたところを推敲して直しを進めている。

　いっぽう、松島に指摘されたときから、咲莉の様子を改めて気にし始めた聖鷹は、やはりどこか元気がないと確信してしまったらしい。そのせいか、彼はあれ以来、まかないに咲莉の好きなピザトーストやスコーンばかり出してくれる。

　夕食は、店のキッチンを借りて好きに作っていいことになっているのだが、ここのところはあまり食べていないと察したのか、今日はわざわざ目玉焼きをのせたナポリタンとミネストローネを作り、一緒に食べてくれた。大きくて新鮮な山盛りのピーマンと玉ねぎは、咲莉の祖母から大量に届いたもので、味が濃くて懐かしい味がした。

　聖鷹特製のナポリタンは、スイーツとトースト類のみの店のフードメニューにも載っていない。コクのあるトマトソースが絶妙で、最近小食だった咲莉は綺麗に食べ終えて、今は久しぶりに満腹だ。

(俺、そんなにわかりやすいのかなあ……)

困ったような顔で、聖鷹が咲莉の髪をくしゃくしゃと撫でる。

「咲莉くんがしょんぼりしてると、なんだか僕もつらいよ。もし困っていることがあるなら、僕にできることならなんだってしてあげるから、話を聞かせて?」

彼の優しい気持ちが伝わってくると同時に、心配させていることへの申し訳なさが湧く。

前向きになろうと頑張っているが、こんなふうに優しくされると、余計に気持ちの切り替えが難しくなる。

(聖鷹さんが優しいのは、皆になんだから……)

誤解するな、と必死で自分に言い聞かせる。

「すみません、自分では元気なつもりなんですけど……きっと、暑い時期が過ぎたら、また元通りになりますから」

その頃には、ちゃんと自分の気持ちにけりをつけられるはずだ。

そう思いながら、咲莉は気がかりな様子で帰っていく聖鷹を見送り、店の鍵を二重にかけて、電気を消した。

「今日も一緒に寝る?」とミエルに訊ねる。ナン、と可愛い声で啼いて、白猫はトットッと軽快な足取りで先に奥の部屋に入っていく。ぴんと立った尻尾はご機嫌さを表している。言葉を理解しているような素直な行動に、思わず微笑んだ。

夜の間、いつもならミエルは店に置いてある専用のベッドで寝るのだが、ここのところは咲莉のところにやってきて、一緒に寝てくれる。撫でていると、ふわふわの毛並みと温もりに癒やされる。まるで、咲莉が傷心だとわかって、慰めてくれているかのようだ。

（……執筆は、朝早めに起きて、ジムにシャワーを浴びに行ったあとでしよう）

そう決めて、さっさとTシャツとハーフパンツの寝間着に着替える。寝る準備を済ませると、咲莉はベッドに身を横たえ、ふわふわのタオルケットの中に潜り込んだ。

中には先に寝ている猫の温もりがある。程よく冷えたエアコンの温度とミエルの温かさ、一日働いた疲労感が押し寄せるのに、やはりすぐには寝つけそうにない。それでも、リラックスして眠っている猫をそっと撫でていると、なんとも言えない柔らかさに心が癒やされるのを感じた。

聖鷹も彼の愛猫も優しい。それなのに、咲莉は勝手に彼を好きになって、勝手に失恋して落ち込んで、一人と一匹に心配をかけている。迷惑すぎる自分に嫌悪感が湧き、少しでも早く吹っ切らなくてはならないと決意する。

——きっと、この心の傷も、時間が解決してくれるはずだ。

咲莉はまだわずかに疼く胸の痛みを抱えながら、切ない気持ちで眠りに落ちた。

＊

翌朝、オープン時間ぴったりに、店の前に黒塗りの車が停まった。

やってきた鞠子は店に入るなり、聖鷹たちに「おはよう、今日もいい日ね」と声をかける。それから、いそいそと猫用ベッドで微睡んでいるミエルを撫でに行った。

ピンクベージュのブラウスに白のパンツ、真っ赤なハンドバッグを持った彼女は、入ってくるだけで店の中に大輪の花が咲いたかのようだ。

白猫をひとしきり撫でると、鞠子は私服で待っていた咲莉のほうに向き直った。

「咲莉くん、今日はまず、お洋服のお買い物からでいいかしら？　秋の新作が入荷したみたいなの」

微笑む鞠子に「はい、お供します！」と、咲莉はかしこまって答えた。

「鞠子さん、あんまり咲莉くんを振り回さないでよ」

「あら、振り回したりなんかしません。ちゃんと咲莉くんも楽しめるように考えていますから」

そう言われても、聖鷹はまだ不承不承といった様子だ。

「外は暑いから、なるべく日なたは歩かないようにね。ちゃんと途中で休憩して、咲莉くんに重いものを持たせたりしないでよ？　咲莉くんも遠慮しないでいいんだからね。疲れたら運転手の青井《あおい》さんに任せて戻っておいで。何か困ったことがあったらすぐ僕に電話して？」

あれこれと気遣ってくれる彼に、わかりました、と咲莉は頷く。息子でありながら聖鷹は鞠子の兄のようだ。立場が逆転している二人のやりとりが微笑ましい。

母の記憶はほとんどなく、父は誰だかわからない。咲莉にはもう祖母しかいないのでよくわからないが、親子ってこういう感じなのかな、と少し羨ましく思う。

今日は鞠子のお供が終わったら休みにしていいと言われている。だが、聖鷹はその間、接客をしながら昼休憩を取らねばならない。だから、少しでも早めに戻って交代しようと咲莉は考えていた。

「じゃあ、行ってきますね」と言って、店を出ようとしたとき、咲莉の格好を見て、ふと鞠子が足を止める。

「あら、咲莉くん、上着は持たなくていいの？　お店の中は冷房が効いているから、何か羽織り物があったほうがいいわよ」

今日の咲莉は、白の半袖シャツにベージュのスラックスとスニーカーという服装だ。鞠子に恥をかかせないよう、持っている中でもせいいっぱい綺麗な格好をしてきた。上着と言われても、入学式に着たスーツの上着か、普段着の着古したパーカくらいしかない。

「ええと、大丈夫です、俺、風邪とかひかないんで」

そう言うと、鞠子はふふっと笑顔になって、息子を見た。

「聖鷹さん、今日着てきた上着はどこ？　咲莉くんに貸してあげたら？」

「僕の上着？」

（ひえええ！）

鞠子が予想外なことを言い出して、咲莉は思わず息を呑む。好きな人の服を着て外を歩くなんて、どう考えても落ち着かない。

「い、いえ、鞠子さん、俺、ほんとに……！」

「ちょっと待ってて、たぶん咲莉くんには大きいんじゃないかと思うけど」

聖鷹がバックヤードに入り、ハンガーにかけてあった上着を取ってくる。彼の上着はシンプルなネイビーのジャケットだ。

彼が咲莉の肩にそれをかけると、ふわりとかすかな香りがして、咲莉は一気に顔が赤くなるのを感じた。

シャンプーなのか香水なのかわからないけれど、聖鷹がいつもつけている、爽やかな甘い香りだ。

仕事場が飲食店なので、決して強い香りではないけれど、こうして服を羽織るとわかる。上品でとてもいい香りだと思った。

「うーん、やっぱり大きすぎるな。袖を捲っても――」

背後から咲莉に羽織らせたジャケットのサイズを見ているらしい聖鷹が、困ったように言う。どぎまぎしながら普通の顔を保とうと努力していた咲莉は、ふと気づく。

(俺はよくても……人に服貸すなんて、聖鷹さんは嫌かも……?)

彼は綺麗好きだし、と思った瞬間、今度は血の気が引いて、咲莉は慌てた。

「き、聖鷹さん、俺、本当に大丈夫なんで!」と言って、羽織っていた上着を彼に返す。

そう?と呟き、聖鷹が鞠子にそっと何かを耳打ちする。

目をぱちぱちさせつつ聞いていた鞠子が、パッと顔を輝かせた。

「そうね、サイズ違いを着せるのは可哀想よね。冷房が強めのお店はなるべく早めに切り上げることにするわ。じゃあ咲莉くん、行きましょうか!」

にこにこしながら、鞠子は咲莉と腕を組む。

いったいなんの話をしていたのか気になったが、聖鷹の上着を借りることは避けられたようだ。

一波乱を乗り越えてホッとしつつ、咲莉は鞠子のお供として街に繰り出した。


「お疲れさま。なんでも好きなものを頼んでね」

二時間ほどあちこちの店を巡ってから、二人は五つ星ホテルのティールームに向かった。

広々とした日本庭園を見下ろす窓に面したソファ席に通され、一息つく。都会のど真ん中とは思えないほど贅沢な景色だ。

「本当は、聖鷹さんのお店でお茶したいんだけれど、あの人、ぜったいメニューに珈琲以外を置いてくれないのよ」と鞠子はぼやく。

確かにあの店は、そもそも看板が『欧風珈琲喫茶』なので、すべてのドリンクメニューが珈琲だ。とはいえ、聖鷹が母のために紅茶を置くと決めれば話は別だが……と悩む。

幸い、ここではなんでも選べたけれど、咲莉は鞠子と同じ温かい紅茶を頼んだ。今日のおすすめはディンブラという茶葉だそうで、鞠子はミルクティー、咲莉はストレートだ。

鞠子のおすすめで、ランチがてらアフタヌーンティーセットを二つ頼む。

「鞠子さんは、珈琲はいっさい飲めないんですか？」

「カプチーノにたっぷりお砂糖を入れたら飲めるけれど、それじゃ毎日の散歩やエクササイズが台無しよ。紅茶ならお砂糖なしでも飲めるのに」

運ばれてきた紅茶を飲みながら、鞠子は頬を膨らませている。

カプチーノはエスプレッソにスチームドミルクと泡立てたフォームドミルクを合わせたもので、咲莉もカフェオレやカフェラテと同じくらい好きな珈琲の種類だ。

実家では緑茶か麦茶ばかりだった咲莉は、聖鷹の店で働くようになって、初めて珈琲の美味しさを知った。飲む機会は少ないけれど紅茶も好きだし、どちらも美味しく感じる。

雑談をしているうちに、三段のケーキスタンドが運ばれてきた。

上品なサイズの焼きたてスコーンにはバターがたっぷり使われていて、聖鷹お手製のものより少しザクザクした触感だ。どちらも美味しいけれど、咲莉は聖鷹が作ったもののほうが好みだと思った。このホテル自慢だという艶々の苺がのった美しいショートケーキにサンドイッチ類やマカロンなどもついてきて、平らげるとすっかり満腹だ。

鞠子のほうも会話をしつつ、上品な所作で綺麗に皿を空にしていた。

彼女は、生粋のお嬢様が年を重ねた、といった感じの女性だ。

聖鷹の太っ腹なところからも感じていたが、桜小路家はかなりの資産家らしい。

運転手付きの車で上京し、歌舞伎とミュージカルを観劇して、百貨店でまだ少し先な秋物の服の買い物。祖母はあまり着飾らない人だったので、そもそも百貨店の衣料品売り場を歩いたのも初めての咲莉は、新たな世界を覗いたような気持ちだ。

本はたくさん読んできたけれど、田舎から出てきた自分には知らないことが多すぎると実感した。鞠子は、普通なら平凡な大学生の自分には関わることのない世界の人だ。

おかげで今日の外出だけでも、小説執筆の上で大いなる刺激をもらえた気がする。

「少し連れ回しすぎたかしら？」

心配そうな鞠子に言われてハッとする。

「い、いえ、元気です！　あの、今日はすみません、俺の服まで買ってもらっちゃって」

咲莉は着てきた半袖シャツの上に、新たにシンプルなジャケットを着ている。

デパートで最後に寄った紳士服売り場で、鞠子が買ってくれたのだ。

お目当てのブランドの展示会を回り、目当ての買い物をこなしてから、聖鷹の店のそばにある百貨店に入った。鞠子は上得意らしく、そこで待ち構えていた外商担当の社員たちに深々と頭を下げて迎えられて驚いた。

鞠子は『今日はこの子が一緒にいてくれるから、お供はけっこうよ』とにこにこして、社員たちの付き添いを断っていた。

行きつけのブランド店で何点か試着したのちに、『どっちの色が似合うかしら？』とか『これとこれ、どちらのデザインがいいと思う？』などと鞠子から意見を聞かれ、ファッションに疎い咲莉は頭を悩ませた。

『どっちも似合うと思うんですが、しいて言えば、右のほうが顔色が明るく見える気がします』『個人的には、右のほうが柔らかい雰囲気で好みです』などと正直に答えると、鞠子はとても嬉しそうに、咲莉が選んだほうを購入してくれた。

鞠子は購入するものをさくさくと決めていき、気に入れば色違いも注文する。

うだうだと悩むことのない決断力もすごいが、値段を見ずに買い物ができる財力もまたすごい。咲莉は百円のものを買うにも不必要ではないかと少し悩むほどなので、感嘆してしまう。妬むとか驚くとか、そういうところを通り越して、ちょっと気持ちいいくらいの豪快な買い物ぶりなのだ。

一通り目的の店を回ったあと、最後に紳士服売り場で買い物をした。『せっかく出てきたし、今の季節にも着られるような、薄手できちんと感のある上着を買いましょう』と言って、いかにも高級そうな奥まった店に連れていかれた。そこで鞠子は咲莉に、ジャケットと、それに合わせられるシャツとスラックスまで選んでくれた。もちろん遠慮しようとしたが、買い物に付き合ってくれた礼だと言われて押し切られてしまったのだ。

咲莉が服の礼を言うと、鞠子は「いいのよ、とっても似合っているし」と嬉しそうに笑う。それから、ふと思い出したように言った。

「上着の件はね、さっき聖鷹さんから言われたのよ『よさそうな上着があったら見繕ってあげて』って」

（そうだったんだ……）

先ほど聖鷹が鞠子に何かを耳打ちしていたのを思い出す。まさか、自分の服のことだとは思わず、咲莉は驚きを感じた。

「咲莉くんのお洋服を選べると思ったら、もう私、嬉しくなっちゃって。最近の子はどこの服が流行りなのかしら。バルバリー？　それともディオーレ？　って久しぶりに心が踊ったわ。聖鷹さんが服を選ばせてくれたのなんて、中学生までだし、娘の絢美《あやみ》とは服の趣味が合わないしで、もう一人産んでおけばよかったと思っていたところよ」

ため息交じりに鞠子は言う。

実は先ほど、鞠子が買ってくれようとするブランド物の服の値札に驚愕し、咲莉はトイレに行くと言い置き、こっそり聖鷹にSNSのメッセージを送って相談した。すると、店に出ているはずの聖鷹からはすぐさま返事が届いた。

『もし嫌じゃなかったら、遠慮せずに受け取ってあげて』と。

ふいに鞠子が心配そうな顔になる。

「でも、私ばっかりはしゃいで、ごめんなさいね。本当のところ、迷惑じゃなかったらいいんだけど」

「い、いえ、迷惑なんて、そんなことぜんぜんないです！」と、咲莉は慌てて首を横に振った。

半日ほど買い物に付き添った礼としては恐縮してしまうくらいに高い服だ。しかもこれは、聖鷹のジャケットと同じブランドの型違いの商品なのだ。きちんとして見えるのに、いい生地を使っているからか、涼しくて着心地がいい。ホテルのロビーで鏡に映った自分は、いつもの自分とは別人みたいにスタイリッシュに見えた。

「俺、おしゃれな服は一着も持ってないし、都会のファッションのお店は気後れしちゃって、どこで何を買っていいかもわからなくて……だから、鞠子さんにしっくりくるのを選んでもらえて、すごく嬉しかったです」

言葉を選びながら素直に感謝の気持ちを伝えると、鞠子が目をうるうるさせる。

「はあ……咲莉くんは、擦れていなくて本当に可愛いわね……！　うちの子たちとは大違いだわ。絢美は困ったときしか連絡してこないし、聖鷹さんはお部屋が余ってても私のことは家に泊めてくれないし、うちの子たち皆冷たいのよ」

感激した様子の彼女に、テーブルの上に置いた手を握られる。

「就職活動は三年生からでしょう？　いいテイラーを知っているから、その前にスーツを作りに行きましょうね。もし就職先に迷うことがあったら、うちでやっている会社がいくつかあるからいつでも言ってちょうだい」

びっくりするような申し出だった。咲莉は礼を言いつつ、どちらもやんわりと辞退する。鞠子御用達のテイラーで仕立てたりしたら、咲莉が量販店で買った吊るしのスーツとは桁が違うものになりそうだ。

（就職かあ……）

まだ二年なので、就職先についてはぼんやりとしか考えていない。

最低でも、祖母を養えるくらいの給料がもらえる会社に入りたい。

本当なら、大好きな本作りに関わる出版社で仕事ができれば幸せだけれど、この出版不況の中では難しいだろう。

だから、現実的に考えて、咲莉の第一志望は地方公務員だ。できるだけ定時で退勤できて、休みの日には趣味の執筆に時間を割ける部署であれば最高だと思う。

（……二年後は、どうなってるのかな……）

今みたいに聖鷹のそばで働けるのも、卒業までの限られた時間だ。咲莉が就職して店を辞めたら、その後は、クイーン・ジェーンには誰か別のバイトが入り、特製のピザトーストや美味しい珈琲を淹れてもらいながら働く——そう思うと、切ない気持ちでいっぱいになる。だが、フリーターでいるわけにはいかないのだから仕方ない。

ティールームを出ると、鞠子から少しホテルの庭園を歩きたいと言われてお供する。運転手に頼み、庭園側の道路に車を回して待っていてもらうことにした。

見事な日本庭園は青々とした葉を広げる木々や立派な植栽などの緑に溢れている。そのせいか、ここだけ少し涼しく感じるほどだ。

夕暮れの近い時間だからだろう、人の姿は少ない。咲莉は鞠子と雑談をしながらのんびり歩く。

「……私、咲莉くんがあの店で働いてくれて本当に嬉しいのよ」

鯉が気持ちよさそうに泳いでいる池を眺めながら、鞠子がぽつりと言った。

「聖鷹さんは、私が勧めてもなかなか人を雇おうとしなくて……そんなに混まない店だと言っても、やっぱり一人では大変でしょう？」

「そうですね」と言って咲莉は頷く。

「子供の頃はたくさんお友達がいたのだけど……昔、事故が起きてから、聖鷹さん、あまりお友達を作らなくなってしまって」

（事故？）

咲莉は彼からその話を聞いたことがなかった。いったいどんな事故だったんだろうと気にかかったが、なんとなく訊けずにいると、鞠子はそれ以上は詳しく言わないまま、更に話し続けた。

「夫が早くに亡くなって、身内は、もう私とあの子の姉くらいしかいないのよ。だからか、聖鷹さんは頼ることに慣れていないのかもしれないわね、何も迷惑をかけない代わりに全部一人で決めてしまって」

将来は、夫と父から継いだ会社を任せたいと思っていたら、大学から海外に行くと言い出し、その上、大学院まで進んでしまったわ、と鞠子はぼやく。

「MBA《エムビーエー》でも取得するのかと思ったら、経営にまったく関係のない心理学の学位を取ったみたい」

彼女の話を聞いているうち、驚きの事実が発覚した。

驚いたことに、聖鷹は咲莉の通う大学の系列高校出身だった。

咲莉は推薦入試で合格し、奨学金ですべてを賄っているが、彼は系列の名門幼稚舎から入って高校まで上がり、そこから海外の大学に進んでいる。

咲莉が知る限りでは、学園育ちの者たちの中でも、そこそこの金持ちは系列大学にエスカレーターで上がり、更なる富裕層は大学から海外留学する。彼と幼稚舎から高校まで同じだったというエリカと有馬もかなりいい家の出で、聖鷹は更に、とてつもない富豪組の一人というわけだ。

咲莉の大学の事情に詳しいのも、系列高出身ならば当然だ。

(だけど、どうして教えてくれなかったんだろう……)

「どうかしたの?」

不思議そうな鞠子に、咲莉は驚いていた理由を伝える。

「あら、咲莉くんは帝國大学なのね! 聖鷹さんも高校まではずっとそこの学園だったのよ。本当だったら同じ大学に進むはずだったのだけど」

更に鞠子が話してくれたところによると、聖鷹は北米の有名大学に進学後、大学院に進み、博士号を取得してから帰国したそうだ。専門は犯罪心理学だったそうだが、その後は咲莉も知るようになぜか喫茶店を開き、店主として小さな店を切り盛りしている。

「会社経営といっさい関係がない研究をして七年も帰ってこなくて、やっと帰国したかと思ったら、今度はあの喫茶店にかかりきりでしょう? それでも、元気でやっているならいいと思っていたけれど、いつ行っても混んでいることがなくて。なんだか、いっそう人と深い交流がなくなっているみたいで、親としては心配よ」

ため息交じりに鞠子は言う。

「聖鷹さんに、今も交流があるお友達って何人いるのかしら。同窓会にも行く気はないみたいだし、このままだと結婚どころかお付き合いする相手もいないまま、寂しい老後を送ることになっちゃいそうだわ」

困り顔の鞠子の言葉を聞いて、咲莉の脳裏に、先日店を訪れた美沙子の顔が浮かんだ。

（聖鷹さん、美沙子さんのこと……お母さんには紹介してないのかな……）

不思議に思ったが、たとえ安心させるためであったとしても、部外者である自分の口から言うべきことではない。美沙子のことは、機会を見て聖鷹自身が伝えるはずだと自分に言い聞かせ、咲莉は口を噤んだ。

「でも、せめて誰か、そばでサポートする人がお店に入ってくれたらと思っていたから、安心したわ。毎日必ず会話をする人がいるって大事なことよ」

咲莉が今店の奥の部屋に住まわせてもらっていることは、鞠子ももちろん知っている。

「きっと、よっぽど咲莉くんが気に入ったのねえ」

笑顔でそう言う鞠子に、咲莉は「そうだったらいいんですけど」とぎこちなく微笑む。

喜んでくれるのはありがたいが、働くことになったのは、咲莉が特別気に入られたからではない。どうしようもない状況だった自分に、優しい彼が救いの手を差し伸べてくれただけだ。

いわば、彼に引き取られた捨て猫のミエルと同じようなものだ。

鞠子がこうしてわざわざバイトの咲莉に買い物の付き添いを頼み、話す時間を取ったのは、どうやら、聖鷹の暮らしを心配していたかららしい。

祖母は可愛がってくれたけれど、日々の農作業に忙しく、普通の子供のように甘えたりはできなかった。

だから、鞠子が息子を心配する気持ちを知ると、遠くにある、決して手の届かない美しいものを見るような思いで、胸が温かくなる。

咲莉は「あの、鞠子さん」と呼びかけた。

「なあに？」

「聖鷹さんは、店のご近所の人からもすごく好かれていて、前の店主さんの頃から続けて通ってくれる常連さんもたくさんいるし、いろいろ頼られたりしてるんですよ。それに、時々知り合いの人たちが訪ねてきて、店で話したりしてることもありますし」

「……そうなの？」

初耳だったようで、彼女は口元に手を当てて目を丸くしている。

「はい。それに俺も、聖鷹さんをサポートできることはなんでもするつもりなので……えぇと、そんな感じで、少し安心してもらえたら」

咲莉ももちろん、聖鷹についてすべてを知っているわけではない。

だけれど、今、彼と一番長く時間を過ごしているのは、間違いなく自分のはずだ。

息子と離れて暮らす鞠子を少しでも安心させたくて、たどたどしく話す咲莉の気持ちが伝わったのだろうか。鞠子は目を細め、「それならよかったわ」と微笑んでくれた。

「少し気難しいところもあるかもしれないけれど、聖鷹さんは、根はとっても優しい子なのよ。咲莉くん、どうかあの子をよろしくお願いしますね」

丁寧に頭を下げられて、慌てて咲莉も同じようにぺこりと礼をする。

これまでは助けてもらってばかりだったが、聖鷹のために、自分にできることがあればなんでもしよう。

鞠子と話して、咲莉は決意を新たにした。


赤々とした夕日が辺りを照らし始める。日没はもうじきだ。

「そろそろ戻りましょうか」と鞠子に言われ、咲莉は頷いた。

昼間よりはずっとましだが、庭園の緑の中から出てアスファルトの上を歩くと、やはりむっとするような暑さに包まれる。

そろそろ世の中が退勤時間になり、店も混む頃合いだろう。

運転手と待ち合わせた庭側の出入り口に着く。

伝えていた場所には乗ってきた黒塗りの車が停まっていたが、スーツ姿の運転手はなぜか、車のタイヤ脇にしゃがみ込んでいる。

「――青井さん？　どうしたの？」

鞠子が不思議そうに声をかけると、運転手の青井が慌てて立ち上がった。

「奥様、申し訳ありません、実は、後輪のタイヤがパンクしてしまったようでして」

「あらまあ」

青井は、ホテルの駐車場から車を出し、庭園側に停めるまでの間に、タイヤに異変を感じたらしい。おそらくは、釘か何かを踏んでしまったのだろうと彼は申し訳なさそうに言う。

この車にはあいにく交換用のタイヤを載せていない。修理キットで応急処置を施すことはできるのだが、近距離までしか運転できず、都内の混雑した道を走る上で、万が一のことを考えると危険だ。鎌倉の自宅まで戻るなら、タイヤを交換するか、もしくは別の車に乗り換えたほうがいいと青井は言う。

「一番近くのディーラーに連絡すれば、すぐ来てくれるかもしれません。お急ぎでしたら、ハイヤーかタクシーを手配いたします」

「そう、困ったわね。ともかく、まずは咲莉くんをお店まで無事に送り届けなくちゃ」

「いいえ、俺は電車もありますし、徒歩でも帰れる距離なので問題ないんですが、鞠子さんが」

「……ここから、徒歩で帰れるの？」

鞠子はきょとんとしている。咲莉も都内にそう詳しいわけではないが、このホテルは超有名だからわかる。聖鷹の店まで、ゆっくり歩いても二十分程度あれば着くはずだ。

「あら、そんなに近かったのね！　じゃあ、歩いて戻ることにするわ」

「えっ、本当ですか？」

「ええ。そして、咲莉くんを送り届けたあとは、聖鷹さんにタクシーを呼んでもらって帰るわね」

送るならどう考えても自分のほうだ。だが、鞠子は頑として聞かず、運転手に言った。

「そういうことなので、タイヤを交換したら、荷物だけ家まで送り届けてもらえるかしら？」

青井は「かしこまりました」と頭を深々と下げる。

ハンドバッグ一つという身軽な姿で「じゃあ、行きましょうか！」と、意気揚々と鞠子は咲莉を促した。

信号待ちの間に、念のため、スマホの地図アプリで道をチェックする。合っているようで、咲莉はホッとした。

大通りで横断歩道を渡り、オフィス街に差しかかる。ふと思い立って咲莉は鞠子に言った。

「少し遅くなったから、もしかしたら聖鷹さんが心配しているかも……歩いて店まで戻ること、いちおう連絡しておきますね」

お願いね、と言われて道の端で足を止め、ＳＮＳツールで聖鷹にメッセージを送る。その間に、何人かスーツ姿の者が二人の横を通り過ぎていった。

送り終えて「お待たせしました」と鞠子に声をかけ、再び歩き出す。

今日は土曜日だから、休みの会社がほとんどなのだろう。この辺りを通る人はまばらだ。

「鞠子さん、足は痛くないですか？」

「慣れた靴だから大丈夫よ」

話しながら足を進めるうち、ふと背後から走ってくる足音が聞こえた。咲莉は端によけたほうがいいかなと思い、何げなく振り向こうとする。

「咲莉くん、危ない！」

鞠子が鋭い声を上げる。え、と思った瞬間、すぐそばまで迫っていた人影が、勢いよくこちらに手を突き出してきた。スーツ姿で、顔には白いマスクと眼鏡をかけている。

「うわっ⁉」

慌ててそれを避けながら、その手に何か光るものが握られていると気づく。咲莉は頭から血の気が引くのを感じた。

取調室を出ると、窓の外は真っ暗になっていた。

それもそのはずだ。時計を見て驚いたが、咲莉の事情聴取が終わったのは、襲撃されてから二時間もあとのことだった。

担当の刑事に伴われ、警察署の一階に下りると、通路沿いに置かれた長椅子に腰かけていた男が立ち上がった。

「――聖鷹さん？」

驚く咲莉に、聖鷹が駆け寄ってくる。

「咲莉くん、怪我はないの？」

彼は珍しく険しい顔をしている。まだクイーン・ジェーンの営業時間は終わっていないはずだ。どうやら、聖鷹は店を閉じてわざわざ迎えに来てくれたらしい。

「俺は大丈夫です、ただ、少し服を切られちゃって……」

よりによって、今日、鞠子が買ってくれたばかりの上着に穴が開いてしまってしょんぼりする。

着ていた上着を切りつけられた咲莉は、刃物を持って襲ってきた犯人を撃退するため、慌てて何か投げようとした。だが、手に持っていたのは買ってもらった大切な服の入った紙袋だけだった。投げた紙袋はぐしゃぐしゃになってしまったが、幸い中身は無事だったし、鞠子の無事には代えられない。

「服なんていくらだって買い直すよ。ああ……無事で本当によかった」

はーっと深く息を吐き、彼は感極まったように咲莉の肩を抱き寄せる。

少し強引な手つきにどきっとしたが、聖鷹がそのくらい心配してくれていたのだとわかって、咲莉は申し訳ない気持ちになった。

急いで駆けつけてくれたのか、聖鷹からは、いつものいい香りに混じって少しだけ汗の匂いがする。優雅な買い物にお供したあと、襲撃に事情聴取と目まぐるしい一日だった。聖鷹の香りを嗅ぐと、なんだか安堵して、強張っていた体から力が抜けた。

「——遅いぞ。被害者なのにこんなに長時間拘束するなんて」

「普通はもっと時間がかかるんだ。これでも俺が無理に担当になって最優先で進めたんだぞ？」

文句を言った聖鷹に、少しむっとした口調で応じたのは、途中から聴取の担当を交代した有馬だ。顔見知りの人間が入ってきてびっくりしたが、初めての取り調べで緊張していたのでとてもありがたかった。

「そうか、悪い。助かったよ」と聖鷹はすんなり苦情を引っ込める。

話を聞くと、なんと聖鷹はともかく少しでも早く終わらせて二人を帰すよう、有馬のところに連絡をして頼んでおいたというのだ。そこで、やむなく有馬は手持ちの仕事を保留にし、担当の警察官と交渉して、咲莉の聴取に入ってくれたらしい。

すでに鞠子は聴取を終え、今日泊めてもらう予定の友人が迎えに来て、署を出たそうだ。

「母上のほうを早急に終わらせたから、その分も彼から聞かなきゃいけないことがあったんだ。山中くん、ご協力ありがとうございました。犯人を確保したらまた連絡します」

有馬は最初は聖鷹に、そして続けて咲莉に向けて言う。咲莉は慌てて「わかりました」と頭を下げる。

「もう帰っていいんだろう？　礼は今度する」

聖鷹は咲莉を連れて署の出口に向かおうとする。

「――あ、桜小路」

「なんだ？」

有馬に声をかけられ、聖鷹が足を止めて振り返る。

「例の件、調べがついたからあとで電話する」

その言葉に、咲莉の肩を抱いた聖鷹の体がびくりと揺れた。

店に戻るタクシーの中で、聖鷹は、咲莉を待つ間に鞠子から電話が来たことを教えてくれた。

「さっき、無事に友人の家に着いたって知らせが来た。鞠子さんのことは心配いらないよ」と言われ、咲莉は安堵で胸を撫で下ろした。

聴取の間、鞠子とは別室に分けられてしまい、彼女はどうしているのか気になっていたのだ。

「鞠子さんも、自分が先に警察署を出ることになっちゃったって、咲莉くんのことすごく気にしてたよ」

鞠子にも怪我はなかったが、暴漢に襲われたというショックは大きいだろう。一緒にいたのになんの役にも立たず、咲莉は申し訳ない気持ちでいっぱいになった。

クイーン・ジェーンの前でタクシーを降り、「CLOSED」の札が下げられた店内に入る。

咲莉からの連絡を受けて、聖鷹はずいぶんと急いで出てきたのだろう、珍しく、まだ食器を下げていないテーブルがあった。

二人が戻ると、カウンターの上で寝そべっていたミエルが起き上がっていそいそと迎えに来る。しばらく咲莉たちの足元をぐるぐると回ってひとしきり撫でてもらうと、満足したのか、今度は窓際の棚の猫用ベッドに行って横になった。いつもと変わらない光景にホッとする。

座るように促されて、咲莉はカウンター席に腰を下ろす。飲み物を淹れるつもりなのか、ケトルを火にかけてから、聖鷹が戻ってきて隣の席に座った。

「……大変だったね」と、彼が気遣うように言う。

――今日の夕方、咲莉と鞠子の二人は、ビル街の一角で背後から襲われた。

日が暮れかけていてちょうど見えづらい時間帯だったけれど、犯人は黒っぽいスーツを着たサラリーマン風の男で、手に刃物を持っていた。

男は逃げてしまったが、すぐに鞠子が警察に通報した。マスクと眼鏡のせいで顔はほぼわからなかったものの、防犯カメラが多い道だから、きっとすぐに捕まるだろうという話だ。

駆けつけた警察官に事情を聞かれ、現場検証をしたあとで、咲莉たちは警察署に連れていかれて詳しい調書を取られた。

襲われた理由はさっぱりわからない。おそらくだが金銭目的の強盗で、刃物で脅して二人のバッグを奪うつもりだったのではないかと言われた。

「……俺、お礼言わなきゃ。鞠子さんが助けてくれたんです」

背後から服を切りつけられても、とっさに状況が呑み込めずにいた咲莉に対し、鞠子は素早かった。彼女は、男が自分に刃を向ける前に動いた。革のハンドバッグのショルダー部分を掴み、バッグを暴漢に思い切り叩きつけたのだ。

その間に、やっと危機を理解した咲莉が男に紙袋を投げつけた。鞠子からバッグを奪おうとしていた男は、大きな叫び声で助けを呼んだ彼女に怯み、慌てて逃げ出した——というわけだ。

一見、中肉中背の上品なマダムという雰囲気だけれど、鞠子は驚くほど俊敏だった。咲莉がしたことといえば、警察官が着くまでの間に思い立ち、聖鷹に電話で知らせたことだけだ。

咲莉の話を聞き、聖鷹は納得がいったようだ。

「鞠子さんは若い頃から合気道をやっていて、黒帯を持ってるんだ。それ以外にも護身術はあれこれ身につけていて、今も体を鍛えてるからね」

彼はそう言って咲莉を慰めてから、ちょっと待ってて、と立ち上がる。

しばらくして、はい、と湯気の立つマグカップを渡された。礼を言って受け取ると、中身はホットのカフェオレだった。

「カフェインレスにしておいたよ。あ、そうだ。咲莉くん、今日は夕飯もまだだよね？」

頷いたが、今はあまり食欲が湧かない。そう話したが、「でも、少し何か腹に入れておいたほうがいいよ」と言って、聖鷹は手早くパン粥を作ってくれた。コールスローと、半分に切ったゆで卵の皿もつけてくれる。

隣に腰を下ろした彼と並んで同じものを食べる。温かくて少し甘いものを口にして、じんわりと体が温まった。

食べ終えた頃、カウンターに置いていた彼のスマホが鳴った。「ちょっとごめん」と言うと、聖鷹はバックヤードには入らずにその場で電話に出る。

「――わかった。助かったよ、ありがとう。礼はそのうち」

二言三言話して、彼は通話を終えた。

(有馬刑事からかな……)

先ほど有馬は、『例の件、調べがついたから』と言っていた。いったいなんの話だろう。少し気になったけれど、今日の事件とは別件のようだし、今は質問する元気もない。

「今日もう休んだほうがいい」

聖鷹に促されて、店の片付けを手伝えずに申し訳ない気持ちになる。だが、すみません、と言って、大人しく従った。時間が経つにつれて、体も気持ちもずっしりと重く感じる。今は下手に何か手伝いをしたら、カップを割ってしまいそうだ。

(……今日の分も、明日は目いっぱい頑張ろう)

さすがに今からジムにシャワーを浴びに行く気にはなれなかった。聖鷹が蒸しタオルを作ってくれたので、ありがたく顔や手足を拭いてさっぱりする。

奥の部屋に戻って寝間着に着替えると、店の片付けを終えたらしく、聖鷹がやってきた。

「眠れそう？」

気遣うように訊ねられて、咲莉は笑みを作って頷く。

「大丈夫だと思います」

それを聞いて、ホッとした顔になると、彼は言った。

「今日は僕も店に泊まるから」

「えっ……ど、どうしてですか？」

「なんとなく、そうしようかなと思って。あ、こっちの座席で寝るから大丈夫だよ」

聖鷹は店のほうを指さす。咲莉は混乱した。

店の椅子は合皮張りで、四人掛けであっても大人が横たわるには狭すぎる。長身の彼にしてみれば尚更窮屈だろう。しかし、他に眠れるところといえば、咲莉が住まわせてもらっているこの部屋のベッドしかない。

恩人で店長の彼をソファで寝かせるなんて、あり得ない。

「だったら俺がこっちで寝るので、奥の部屋のベッド使ってください！」と申し出たが、何言ってるの、と笑われて、まともに取り合ってもらえなかった。

「実は、まだやることもあるんだよね。本当に僕のことは気にしないで。今日は大変だったんだから、ともかくゆっくりお休み」

優しい笑みを浮かべた彼に、そっと頭を撫でられる。胸がきゅんとしたが、今はときめいている場合ではなかった。

奥の部屋に送り出され、ベッドにぽすんと腰かけてみたものの、やはりどう考えても寝つけない。

のんきに眠れるわけがない。近所に帰れる家がある彼がここにとどまるのは、咲莉のためだとしか思えないのだから。

(ど、ど、どうしよう……?)

しばらくおろおろと悩んだあと、咲莉は立ち上がる。

寝間着のまま、バックヤードの扉を開けてそっと店を覗く。

店のカウンター席に座った聖鷹は、ノートパソコンを弄っている。その膝の上には白い毛玉が乗っていて、垂れた尻尾がご機嫌にゆらゆらと揺れているのが見える。

ウナン、という啼き声が聞こえ、ふと画面から顔を上げた聖鷹と目が合った。

「あれ、どうしたの？　眠れない？」

覗き込んでいる咲莉に気づいた彼が、そっとミエルを抱いて椅子の上に下ろすとこちらにやってくる。気遣うように声をかけられ、咲莉は迷った。

「い、いえ、あの……」

自分は大丈夫だから、心配はいらない。どうか自宅に戻って休んでほしい。そう言おうと思ってきたのに、気づけば、咲莉は違うことを口にしていた。

「はい、なんだか寝つけなくて……」

「じゃあホットミルクでも入れようか？」

そう言いながらカウンターの中に入ろうとする彼に、咲莉は慌てて飲み物はもうじゅうぶんだと伝えた。

目の前に立った聖鷹が、腕組みをする。

「どうしたら眠れるかな……子守歌でも歌う？」

冗談ぽく言う彼に、咲莉も表情を緩める。それも丁重に断ったあと、「あの……聖鷹さん、本当にここで寝るんですか？」と訊ねた。

「うん。でも気にしないで、僕が勝手にそうしたいだけだから。襲われるなんて普通の出来事じゃないし、事情聴取だって初めてで疲れただろう？　今日のことを考えると、咲莉くんをここに一人で置いて帰れないよ」

聖鷹は真面目な顔で言う。やはり、彼が店に残ってくれたのは自分のためなのだ。咲莉は意を決して口を開いた。

「あの……聖鷹さんが買ってくれたベッド、けっこう広いんです」

「ああ、あれセミダブルだからかな。店員さんにおすすめされたんだよね」

もじもじしながら言うけれど、普通に返してくる彼は、咲莉の言いたいことを察してくれない。いつも恐ろしいくらいに勘がいいのに、と恨めしくなったが、もう言葉にして頼むしかない。

「二人くらいは眠れると思うんですけど……もし、聖鷹さんが嫌じゃなかったらなんですが……あっちで、一緒に寝てくれませんか……？」

驚いた顔で聖鷹が固まる。

彼が何か言う前に、ミエルが椅子から下りてとことことこちらにやってくる。

賢い白猫は、まるですべて話がわかったかのように、尻尾を振り振りしながらさっさと奥の部屋に入っていった。


一緒に寝る寝ないの話し合いの末、折れたのは聖鷹のほうだった。

「わかった。これ以上のやりとりは不毛だ」

決意するみたいに言うと、彼はすぐに行くからと、咲莉を先に部屋に戻らせる。咲莉がバックヤードに入ったところで、いつもは最後まで店に残る自分がしている、店の入り口の警報をセットする音が聞こえた。

少しして、事務室のほうで着替えてきたらしく、Tシャツとジャージ素材のパンツというラフな格好になった聖鷹が入ってきた。

「ジム用の着替え、置いといてよかった」と言う彼は、『運動不足だから』と、咲莉がシャワーを使うためだけに入った格安のジムとは別のところに通っている。

ふと彼が咲莉の顔を見て気遣うような表情を浮かべた。

「咲莉くん、まだ顔色が悪いよ。やっぱり疲れてるんだろう？　早く横になって」

促されるがまま咲莉はベッドに入り、壁側に身を横たえる。

「ミエルはそこで寝るのかい？」と聖鷹は苦笑して白猫を軽く撫でる。ベッドの足元のほうには早々とミエルが乗り、ここは自分の場所だとばかりに丸くなっている。

聖鷹は天井の明かりを調節して薄暗くしてから、ベッドに近づいてくる。もう迷わずに咲莉の隣に横になった。

自分で頑固に誘ったことなのに、実際にベッドの隣に彼がいると思うと、緊張で心臓がばくばくするのを感じた。

「……眠れそう？」

身じろぎもせずに潜めた呼吸を繰り返していると、聖鷹が囁いた。

はい、と頷く。

「……鞠子さんが言ってたけど……咲莉くん、持ってた紙袋投げて、一生懸命鞠子さんを守ろうとしてくれたんだってね」

低い囁きがすぐそばから聞こえる。

「俺……それだけしかできなくて……」

「そんなことないよ。犯人が逃げたあとも、ずっと気遣ってくれて、事情聴取も『鞠子さんを先に』って申し出てくれて、すごく頼もしかったって……改めてお礼がしたいって言ってたよ」

しばらくして、髪を撫でられる感触がして、余計に胸の鼓動が跳ね上がった。

「咲莉くんも怖かっただろうに……ありがとうね」

聖鷹の労るような言葉に、ふいに目の奥がじわっと熱くなる。

「……っ」

確かに、咲莉は恐怖を感じていた。誰かから本気で凶器を向けられるなど、生まれて初めての経験だったからだ。しかも、自分だけでなく、もし聖鷹の大切な人を傷つけられたらと思うと、目の前が真っ暗になった。

考えないようにしていた恐怖と、無事で帰れたという安心感が混ざり合う。

ホッとしたせいか、涙が零れそうになった。怪我もしていないのに、情けないし、恥ずかしい。慌てて涙を止めようと思うのに、うまく止められない。必死で嗚咽を堪えようとしているうち、薄暗い明かりの中、潤んだ視界に彼が動くのが映る。気づけば咲莉は、温かくて大きな胸の中に抱き込まれていた。

今朝、彼の上着を羽織ったときと同じ香りに包まれて、動けなくなる。

咲莉の頬は、Tシャツ越しの聖鷹の硬い胸板に触れている。

驚きすぎたせいか、いつの間にか嗚咽は止まっていた。

「大変な一日だったね……でも、もう大丈夫だから」

優しい囁きとともにゆったりと背中を撫でられながら、何か柔らかいものが額に触れる。

これはもしや、彼の唇だろうか。

聖鷹に甘えてはいけないと、頭のどこかで思っているのに、あまりの心地よさに骨が抜けたみたいに力が入らない。

好きな人に触れられることは、こんなにも心地がいいものなのか。

抱き締められて、大切な者を扱うかのように背中を撫でられているうち、咲莉の中に、じわじわと深い安堵が込み上げてきた。

(……ここに戻れたんだから、もう大丈夫……)

涙が止まると、疲労感と聖鷹の熱を感じて、あらがいがたいほどの強烈な睡魔が襲ってきた。瞼が重くなり、咲莉は泥のような眠りに落ちていく。

「ごめんね……僕のせいだ」

夢か現《うつつ》かわからない記憶の中で、苦しげな囁きが聞こえた気がした。

＊

翌朝、咲莉はいつも通りの時間に自然と目覚めた。

いつになく熟睡したらしく、頭も体もすっきりしている。鳴る前に、セットしてあったスマホのアラームを解除してから身を起こす。

いつもなら咲莉が目覚めるまで付き合い、ベッドの上で丸くなっている白猫の姿がないことに気づく。なんだか目が腫れているような感じがするな、と思ったとき、昨夜の出来事が脳裏に蘇った。

（……聖鷹さん、もう起きたのかな……）

ベッドはいつも通りで、もう一人誰かが寝ていたような痕跡はない。

咲莉は昨日、聖鷹とこのベッドで一緒に眠った――はずなのだが。

ふと、もしや昨夜の出来事は、自分の願望が見せた夢だったのではないかと疑いたくなった。ともかく手早く着替えを済ませると、おそるおそる店のほうに出る。

「――ミエル、お待たせ」

店から聞こえてきた声に、咲莉の心臓の鼓動が跳ね上がる。そっとドアを開けると、聖鷹が窓際の棚に向かい、その上にいるミエルに朝ごはんをあげているところが目に入った。

――やはり、夢ではなかったのだ。

「あれ、咲莉くん」と言って、聖鷹が覗き込んでいる咲莉に気づいて声をかけてくる。

「おはよう。よく眠れた？」

店に入りながら、咲莉は慌てて答えた。

「は、はい、すごく」

よかった、と彼は眩しいほど爽やかな笑顔を見せる。ようやく、昨夜の出来事はすべてが現実だったと確信し、咲莉は動揺していた。

(どうしよう……)

昨日は事件と警察の聴取で疲れていたせいか、深く考えることができなかった。

しかし、聖鷹には美沙子という人がいるのだ。

それなのに、彼が咲莉と同じベッドで休み、抱き締めてまで寝かしつけてくれたのは、昨日災難に遭ったことを労ってくれたからだ。

聖鷹のほうは自分のことなどなんとも思っていないのだし、一晩同衾したぐらいで気にすることはないのかもしれない。

けれど、咲莉の心の中にはすでに彼への明らかな恋心がある。昨夜、聖鷹が自分を心配して店に残ってくれたことは、本音ではとても嬉しかった。だが、やはり、こんな気持ちを抱えたまま、同じベッドで休むべきではなかった。

そもそも無料で部屋を使わせてもらっている身なのだから、自分はソファでも床でも、彼とは違うところで眠ればよかったのだと、深く反省した。

ひとしきり落ち込むと、気持ちを切り替えて、咲莉は少し早めの朝食作りに取りかかった。

いつもなら、聖鷹が店に出勤してくるのは八時頃だ。だから、大学がある時期は難しいが、休みの日は一緒に朝食をとっている。夏休みの間の朝食作りは咲莉の担当だ。

昼食は基本パンメニューになるので、朝は和食にすることが多い。

今日は彼が作業の分担を申し出てくれた。咲莉が鮭を焼き、ネギと豆腐の味噌汁を作っている間に、聖鷹がキャベツと大根のサラダを作ってくれる。彼がドレッシングを作っている間に、咲莉はだし巻き卵を焼く。

冷凍してあった咲莉の自炊用の白米をレンジで温める。作ったものを盛りつけて、二つのトレーに並べれば完成だ。

カウンター席に並んで食べ始める。

「味噌汁美味しいね。だし巻き卵も。咲莉くんの和食はほんと絶品だ」と聖鷹が笑顔で褒めてくれて、嬉しくなった。

サラダを食べると、聖鷹が作ったドレッシングは少しショウガが利いていてさっぱりしている。「このドレッシング、すごく美味しいです」と言うと、ほんと？と彼もサラダに箸を伸ばした。

食べ終えると、片付けも分担して済ませる。二人でやるとあっという間だ。

先に朝食を食べ終えたミエルは、いつの間にかお気に入りの棚の最上段に登っている。朝日を浴びながら、そこで二度寝を決め込むようだ。

普段、咲莉は起きるとすぐ、ジムにシャワーを使いに行く。ちょうど店に戻った頃に聖鷹が出勤してきて一緒に朝食をとるのだが、今日は順番が逆になってしまった。

「聖鷹さん、俺、ちょっとジムに行ってこようかと」

「あ、シャワーを使いに行くんだよね？　じゃあ僕も一緒に行くよ」

「え？　で、でも」

聖鷹が通っているジムと、咲莉のジムは違うところだ。戸惑っていると「昨日の今日で、一人で行かせて何かあったら危険だから」と真面目な顔で言われて驚く。

夕暮れ時の昨日とは違い、午前中の都心の街中で、再び襲われる確率は相当低い。そもそも、行き当たりばったりの強盗だとしたら、おそらく目当ては鞄子のバッグだったのだろう。いかにも金を持っていなさそうな自分がまた狙われることはほぼないのではないかと思うのだが——。

（……聖鷹さん、意外と心配性なんだな）

好きな人が自分を気にかけてくれるのはもちろん嬉しい。しかし、咲莉は非力とはいえ十九歳の男子大学生だ。昨日、わざわざ店に泊まってくれたことも考えると、聖鷹は少々心配しすぎに思える。

「あのう……パッてシャワー浴びて、すぐ帰ってくるので心配いらないですよ」

「駄目」

苦い顔で即答される。駄目って、と咲莉が目を瞬かせていると、彼は「そうだ」と思い出したように言った。

「まだ言ってなかったよね。今日、店は休みにするから」

「えっ!? そうなんですか？」

「うん。だからジムも急がなくて大丈夫だよ」

クイーン・ジェーンの定休日は第一と第三水曜日だ。他にも不定休で休みになることはあるけれど、咲莉が働くようになってから、当日にいきなり休みになることは一度もなかったのに。

どうしてなのかと訊こうとすると、聖鷹のスマホが鳴った。

「はい――ああ、鞠子さん、おはよう」

咲莉くんに代わるね、と言われてスマホを受け取る。電話に出ると、鞠子からは昨日の事件について、感謝の言葉を伝えられた。だが、暴漢を撃退したのは鞠子だし、礼を言わなければならないのは自分のほうだ。そう伝えたものの、彼女は納得してくれなかった。

『ちゃんと会って、改めてお礼が言いたいんだけれど、ごめんなさいね。犬たちが待っているから、今日は急いで家に帰らなきゃならなくて』

鞠子は鎌倉の邸宅で二頭の犬を飼っているらしい。昨夜はやむを得ず、もう一泊都内に泊まることになったけれど、愛犬たちの世話を頼んだ友人の都合もあり、これから急いで戻るようだ。また改めて礼をしに来るからと言われて、スマホを聖鷹に返す。二言三言話してから、彼は通話を終えた。

「鞠子さん、大型犬を我が子のように可愛がってるんだよね。『咲莉くんにもぜひ会わせたいから、今度鎌倉に連れてきて』って言われたよ」と聖鷹は苦笑している。

咲莉は犬も好きだから願ってもない話だ。昨日、警察署の中で別れてから会えていなかったので、鞠子が元気そうでホッとした。

会話が途切れると、先ほどの「店は休みにする」という発言を思い出す。

「あの……さっきの話なんですけど。どうして今日は店を休みにするんですか？」

聖鷹の顔から、ふと笑みが消えた。

「うん。それもまとめて説明する。ちょっと、じっくり今後のことを話そう。珈琲を淹れるから、ちょっとそこ、テーブル席に座っててくれる？」

どこか有無を言わせない口調で告げられて、咲莉はおずおずと指定された四人掛けの席に腰を下ろす。

一緒に朝食をとったり、話をするときはカウンター席で並んでいる。テーブル席で向かい合うのは、面接のとき以来だ。

（な、なんか、不安だよ……）

彼が急遽店を休みにした理由は、一つしか思い浮かばない。

昨日の事件だ。

聖鷹は、咲莉たちが襲われてから、どこか様子がおかしい。もちろん、咲莉自身もまだ完全に恐怖が消えたわけではないのだが、なぜか彼のほうがより大きなショックを受けているような気さえする。母と店で雇っているアルバイトの二人が強盗に襲われたのだから、動揺するのは当然だと思うが、聖鷹はあの出来事に過剰なほど反応しているようだ。咲莉は彼が何を考えているのかが気にかかった。

聖鷹が珈琲を運んでくる。ミエルも寄ってきて、ぴょんと咲莉の隣の席に飛び乗る。

いい香りが鼻腔をくすぐり、モカだよ、と言われて、礼を言ってカップを受け取った。

彼はミルクを入れることを邪道だと言ったりしないので、添えてくれたミルクを入れてかき混ぜてから、湯気の立つ珈琲を一口飲む。爽やかな酸味とかすかな甘みを感じる。

同じようにカップに口をつけてから、聖鷹が口を開いた。

「さっきは今日って言ったけど、実は、しばらく店は閉めようと思ってるんだ」

咲莉は息を呑んだ。

「な、なぜですか？」

「理由はいろいろある。あと、この店の部屋は、悪いけどもう使わせてあげられない」

「ええっ⁉」

予想外の通告に咲莉は青褪めた。なぜ、という疑問が頭の中を駆け巡ったが、そもそも、家賃も光熱費も不要だという言葉に甘えて、空き部屋を使わせてもらっていた身だ。

この件に関しては、聖鷹が決めたのなら文句を言える立場にない。

わかりました、と素直に言って、改めて、これまで住まわせてもらった礼を伝える。

頭の中は、店の休業を告げられたとき以上の混乱に陥っていた。

――唐突に、住まいとバイトの両方を失ってしまった。

（い、急いで部屋と、それから新しいバイトも探さなきゃ……）

幸い、休みの時期は入れるだけ店で働かせてもらって、空いた日は単発のイベントバイトなどもして、必死で貯金をしてきた。だが、滞納していた家賃分が貯まったところで聖鷹に払わせてもらったので、まだ貯金は多いとは言えない。『どのみち、建て替える際に引っ越し代と敷金礼金を負担する予定だから、とんとんぐらいになるし、滞納分は本当に気にしなくていいよ』と言われたけれど、やはり、身内でもない彼にそこまで甘えるわけにはいかないと思ったのだ。頭の中でざっと計算してみると、今の貯金でアパートの敷金礼金くらいならどうにか払えるはずだ。

ともかく、すぐに不動産サイトをチェックして、即日で入れる家賃の安い部屋を見つけなくてはならない。

「あの、新しい部屋は急いで探すつもりなんですが……」

おずおずと確認しようとすると、聖鷹は怪訝そうな顔になった。

「探さなくていいよ。住んでいいって言っておいて、いきなり追い出すことになるのは僕の勝手だから。申し訳なく思ってるし、ちゃんと君の次の住まいについても考えてる」

「いえ、でも」

「ともかく、どこか安全なところに引っ越してほしいだけなんだ。しばらくの間、ホテル暮らしは嫌かな？　それとも、セキュリティーがしっかりした部屋を用意するから、そっちのほうがいいか」

彼の申し出に、咲莉は愕然とした。家に強盗が入ったならともかく、外出先で偶然襲われたことで、引っ越しまでするなんて心配症すぎやしないだろうか。

「聖鷹さん、俺なんかの身の安全にこんなに気を配ってくれて、本当に感謝してます。すごくありがたいんですけど……でも、自分では出せないようなところに住むお金を聖鷹さんに負担してもらうなんて、できません」

正直な気持ちを伝えると、彼はじっと咲莉を見据えた。

「でも、心配しないでください！　聖鷹さんのおかげで貯金もできたし、新しい部屋は、ちゃんと自分で探します。その部屋に移ったら、今後は暗くなったら無駄に出歩かないようにするし、背後にも気をつけて行動しますから」

胸を張って言ったのに、なぜか聖鷹は、はーっと深くため息を吐く。テーブルに肘を突き、手で顔を覆ってしまった。

「……ごめん、勝手を言って悪いんだけど、咲莉くんは一人暮らしもしちゃ駄目」

――一人暮らしが駄目。

断言されて、咲莉は呆気にとられた。

だが、これまで聖鷹が無茶を言うことは一度もなかった。彼がこんなに強引なことを言い、常軌を逸するほど心配するのには、何か理由があるのではないか。

「聖鷹さん、俺はもう大人だし……本当に大丈夫ですよ？」

落ち着くよう自分に言い聞かせながら咲莉は問いかける。顔から手を外した聖鷹は、端正な顔に苦渋の表情を浮かべて言った。

「有馬から連絡が来ないってことは、まだ犯人は捕まってない。一度襲われたのに、一人で夜、この店に置いておいて、万が一何かあったらと思うと、僕はとても家に帰れない。すぐに侵入できて、待ち伏せも容易なアパートに移っても同じことだ……ともかく、もう決めたんだ。咲莉くんには今日中に、安全なところに引っ越しをしてもらう」

「そ、そんな……」

きっぱりと断言されて、咲莉は青褪めた。

「昨日の強盗には何も盗られてませんし、店とか家の場所は知られてないはずだから、そこまでしなくても」

咲莉が必死に訴えた言葉を無視して、聖鷹は珈琲を飲み干すと、立ち上がる。

「あとのことは移動先で話そう。咲莉くんもそれ飲み終わったら、荷物をまとめて」

ミエルが不満げに「ンナオ」と啼いた。

「ああ、ごめんよ、もちろんミエルも一緒だよ」

聖鷹が慌てて白猫を宥める。

そばまで来てミエルを抱き上げると、彼は咲莉を見た。

「ミエルは咲莉くんに懐いているからなあ……どうしようか。ミエル、咲莉くんと一緒にいたい？」

「ウナン！」

ミエルがかぶせ気味に元気よく返事をする。

そうか、と聖鷹は苦笑した。

「ミエルが一緒ならホテルは難しいよね……咲莉くんにも僕にも新たな負担はいっさいかからないところに行くなら、抵抗ないだろう？」

「て、抵抗は、あります！」

「じゃあ、それについても安全なところでゆっくり話そうか。あ、バスルームはちゃんとあるところだから、ジムにはもう行かなくていいよ」

咲莉が必死に言った言葉を軽くスルーして、聖鷹は言う。

（か、勝手に話進めないで――!!）

美貌の主人に抱かれたミエルが、ゴロゴロと機嫌よく喉を鳴らす音が聞こえてきた。


居候の身は弱い、と咲莉はしみじみと思った。

もしもこれまでの家賃と光熱費を請求されたとしたら、いったいいくらぐらいだろう。風呂なしとはいえ、こんな便利な場所だ。大まかに見積もっても、咲莉がせっせと貯めた貯金の半分以上はなくなりそうだ。

聖鷹は脅し文句でも決してそんなことを言い出したりはしない人だ。しかし、あまりに彼の厚意に助けられすぎていて、咲莉は過剰なまでに身の安全を気にする聖鷹の言い分にも強く抵抗することはできなかった。

やむを得ず、そう多くはない荷物をまとめ始める。咲莉が身の回りのものを段ボール箱やバッグの中に詰め込んでいる間に、聖鷹は店の冷蔵庫の中を整理していたようだ。咲莉の準備が済むと、ミエルを呼んでキャリーに入ってもらってから、聖鷹はタクシーを呼んだ。

ミエル入りのキャリーと猫用ベッド、フード類などもあるので、それだけでもなかなかかさばる量だ。

店の前に『事情によりしばらく休業します　店主』という張り紙をしてから店を出る。

店が入っているビルの入り口には、珍しく制服姿の警備員が立っている。どこかで工事でもしているのかなと思っていたが、聖鷹が「ご苦労さま。あとでもう一度来るから」と声をかけるのを聞いて気づいた――この警備員は、彼が依頼したのだと。

(まさか……昨日の夜から……？)

どれだけ警戒しているのだろう。わけがわからず、咲莉は混乱しつつもタクシーに乗り込んだ。

タクシーは十分も走らないうちに停まった。

咲莉は聖鷹に続いてタクシーを降りる。

一階に輸入雑貨のテナントが入った、真新しくて綺麗なこのビルには見覚えがある。入ったことはないが、以前、下の入り口まで届け物をしたことがあったから、場所だけは知っているのだ。

目的地は、なんと、料金でワンメーター分、徒歩でも店から十五分くらいの距離にある、聖鷹の自宅だったのだ。

店からは一駅分ほど離れたこの辺りには、マンションとオフィスビルが混在している。他のビルの一階には、ベーカリーショップやカフェが入っているのが見える。

「聖鷹さん、ここ……」

咲莉が彼に訊ねようとしたとき、ビルの入り口から、スーツ姿の男性が空の台車を押しながら出てくるのが見えた。ここの住人だろうと咲莉が脇によけようとすると、男性は足を止めて聖鷹に恭しく一礼する。

「聖鷹様。お連れ様も、お帰りなさいませ」

(きよたかさま⁉)

驚く咲莉の前で、聖鷹はごく普通に応じる。

「ああ皆川《みながわ》、助かるよ。咲莉くん、彼のことはあとで紹介する。ともかく、台車に荷物を載せよう」と言うと、聖鷹はタクシーのトランクから出した咲莉の荷物を、台車に載せていく。

慌てて残りの荷物を出して、タクシーを見送る。皆川と呼ばれた男性は先に台車を押して進み、エレベーターホールの扉を開けて待っていてくれる。

「さあ、行こう。うちは最上階だから」

「ナン！」

キャリーの中で返事をするミエルに続いて、咲莉も「は、はい」と返事をする。三人と一匹が乗ったエレベーターは十一階で停まった。エレベーターの階数表示は十二階まであるのに、一階下で降りるのかと不思議に思いつつ通路に出る。

皆川が扉を開けると、玄関ホールの高い天井にはシャンデリアがぶら下がっているのが見えた。

（ここが……聖鷹さんの家？）

彼の住居スペースは咲莉の予想を超えて豪華だった。

「どうぞ」と言って、咲莉を中へと促しながら、聖鷹はキャリーを開けてミエルを出している。ふんふんと周囲を嗅ぎ回りながら白猫は奥へと進んでいく。ご機嫌な尻尾を目で追っていると、奥まで続く通路の向こうには、階段があることに気づいて眩暈がした。

十一階で降りた理由がわかった。どうやら、ビルの最上階と、その下の階が彼の住まいのようだ。

「皆川、咲莉くんの荷物は客間に頼む——咲莉くん、荷解きも頼もうか？」

聖鷹に訊ねられ、ぶるぶると首を横に振る。

皆川が台車の上の荷物を運ぶのを見て、「あっ、俺、自分でやります！」と言い、咲莉も荷物を抱えて続いた。

玄関から見て、手前から二つ目の扉が客間だった。ベッドメイクされたベッドと二人掛けの応接セットが据えられていて、まるでホテルの一室のように立派な部屋だ。

荷物を運び終えると、革張りのソファセットが置かれたリビングルームに案内される。三十畳以上もありそうな広々とした部屋は大きな窓に面していて、解放感がある。

ソファを勧められて咲莉が腰を下ろすと、聖鷹がその斜め向かいに座った。

「咲莉くん、遅くなったけど紹介するね。彼は皆川といって、週に一、二回ここに来て家の中を整えてくれているから、今後もたびたび顔を合わせることがあると思う。皆川、この子は店で働いてくれている山中くんだよ」

「初めまして、山中様。皆川清彦《きよひこ》と申します。遠慮なさらずになんでもご用命ください」

美しい所作で頭を下げる皆川に、咲莉も慌てて立ち上がって頭を下げる。

「は、はじめまして、山中咲莉です」

さすがというか、皆川は咲莉のキラキラネーム気味な名前を聞いても怪訝な様子などかけらも見せない。彼はつまり、聖鷹の家の使用人ということなのだろうか。

いまひとつ状況が呑み込めていない咲莉の表情から読み取ったのか、聖鷹が説明してくれた。

「皆川はね、元々、僕の実家で執事をしていたんだ」

（し……、し、執事――っ⁉）

ドラマや本の中でしかお目にかからないような言葉に、咲莉は声もなく驚いた。

現代の日本でその職業に就いている人が存在していたのかと一瞬耳を疑ったが、二人ともが真顔なのを見ると、事実のようだ。

皆川は一流ホテルのフロントマンのような雰囲気で、仕立てのいいスーツを着て、撫でつけた白髪には一筋の乱れもない。確かに、職業は執事だと言われて納得できるものがあった。

「父が亡くなって家を売ったあとは、鞠子さんも鎌倉に移ったから執事業は不要になってね。今は主に、各地にある一族の別荘やその他の持ち物件の管理なんかを任せてる。手の空いたときにはこの部屋のことも頼んでるから、咲莉くんも何か足りないものがあったら、僕でも皆川にでもいいから遠慮なく言ってほしい」

不動産の管理や自宅のことを任せるとは、聖鷹は皆川に全幅の信頼を置いているようだ。

部屋の中をうろうろしていたミエルがふいにソファに飛び乗ると、咲莉に何かを訴えるようにミャアと啼く。座ってほしいのかなと思って腰を下ろすなり、すぐさま膝の上に乗ってきた。

「皆川、僕はあとでまた、店の片付けに行ってくる。セキュリティーには警戒場所を自宅に変更するようにとさっき伝えたから」

「承知しました。本日のランチとディナーはどうなさいますか？」

「ここで食べるのでいい？」と訊かれて咲莉が慌てて頷くと、「両方頼む」と聖鷹が伝える。

一礼して皆川がキッチンのほうに下がる。

二人だけ――いや、二人と一匹だけになると、聖鷹が咲莉を見て「まだ納得いかないって顔してるね」と困ったように笑う。

咲莉もいつものように笑って返したかったけれど、今はできそうになかった。

「聖鷹さん……どうしてそんなに警戒してるんですか……？」

正直に訊ねると、聖鷹がスッと笑みを消した。

「わけがわからないままじゃ、不安です。ちゃんと納得できたら、身の回りにもっと気をつけます。だから……俺にも、その理由を教えてください」

昨日襲われたあと、彼は咲莉を店に一人にすることのないよう自分もとどまり、更には店の前には警備員まで立たせていた。その翌日には、咲莉は彼の自宅に連れてこられている。

あまりに異様な警戒ぶりに、咲莉はやっと気づいた。

――自分と聖鷹では、昨日の事件に関する認識が違う。もしかすると、それには何か理由があるのではないか、と。

ソファに背をもたれさせた聖鷹は、小さくため息を吐く。しばしの間のあと、言葉を選ぶようにして彼は口を開いた。

「今、一つだけ確実なのは、昨日、鞠子さんと咲莉くんが一緒のところを狙われたのは、偶然じゃないってことだ」

聖鷹は苦い顔で続ける。

「おそらく、鞠子さんが君を迎えに来て出発するときから、あとをつけられていたんだと思う」

そのことはすでに聖鷹が有馬に伝え、鞠子宅まで車を確認しに行かせているところらしい。状況から、二人を直接追ったのではなく、車に発信機のようなものがつけられていた可能性が濃厚のようだ。

それを聞いて、咲莉の頭の中は余計にぐちゃぐちゃになった。

説明してほしいと思っていたし、うすうす予想はしていたものの、実際に言われると衝撃が大きい。

「じゃ、じゃあ、昨日の強盗犯は、通り魔的な犯行じゃないってことで……で、でも、狙いは俺じゃないですよね？　車に細工をしてまで、なぜ鞠子さんが狙われるんですか？」

刺されそうにはなったが、咲莉を襲ったところで、一銭の得にもならない。

いっぽう、鞠子は服装にも持ち物にも一見して高級感があり、懐の豊かさが一目瞭然だ。

だから咲莉は、犯人は、通りがかった彼女のハンドバックを奪うことが目的だったのだと思っていた。

――だが。もし、鞠子がターゲットならば、聖鷹がどうして咲莉の周囲にまで警戒しているのかがわからない。

「もしかして、俺も、狙われてるってことなんですか……？」と訊く。聖鷹の行動は、咲莉にも身の危険があると確信しているとしか思えなかったからだ。

難しい顔で、聖鷹は少しの間黙っていた。

「昨日の事件は、出がけに、鞠子さんに言っておかなかった僕の落ち度だ。咲莉くんにぴったりの上着を見繕ってあげてって伝えたとき、ちゃんと言っておくべきだった。『僕と同じ上着は買わないように』ってね」

その説明を聞いて、咲莉はようやく理解した。

咲莉は、鞠子に上着を買ってもらった。そして、狙われたときは、朝、聖鷹が着ていたジャケットと似た色とかたちのものを着て鞠子と歩いていた。

そこまで考えて、咲莉はハッとした。

「じゃあ、狙われたのは、俺じゃなくて、聖鷹さん……!?」

彼は険しい顔のまま、その問いかけには答えない。

それは、無言の肯定だ。

聖鷹と咲莉の体格はまったく違うから、間違うなんて普通なら考えられない。だが、車がパンクして店まで歩いて戻るときは、ちょうど夕暮れ時だった。

似たような上着を着て、鞠子と歩く者がいる。相手が聖鷹と咲莉を直接知らない者であれば、まじまじと近くで見さえしなければ、人違いだとわからなかったのかもしれない。

（……もし、昨日鞠子さんが乗ってきた車にＧＰＳ発信機がついていたのだとしたら）

咲莉は頭の中で必死に考えを巡らせた。

鞠子はホテルで車を降りる際に、運転手の青井に『車を停めたらあなたもお茶でも飲んで、ちょっと休憩してちょうだいね』と言って、畳んだ紙幣を渡していた。あのあと運転手は一時的に車を離れていたはずだ。

発信機によって車の場所がわかれば、客のふりをして密かにホテルの駐車場に忍び込み、タイヤに細工をすることは可能だろう。

犯人が、故意に車をパンクさせて、鞠子と咲莉を安全な車の中から出させたとしたら。

咲莉たちが店まで歩いて戻ることを選んだのは、犯人にとって、絶好のチャンスだったのかもしれない――。

「あれ……ちょっと、待ってください」

そこまで考えたとき、ふと新たな疑問が湧いた。

「そもそも、どうして聖鷹さんと鞠子さんが狙われるんですか？」

聖鷹は咲莉に目を向ける。「まあ、普通は狙われたりしないよね」と言って、彼はゆっくりと背もたれから身を起こす。

「それはたぶん、母と僕が死んだら、得をする人間がいるから……かな」

口元に指で触れながら、聖鷹は淡々とした口調で言う。

驚きのあまり、咲莉は言葉が出なくなった。

財産争い、ということだろうか。資産など何もない身からは想像もつかない。まさか、彼ら親子を殺してまで、何かを得たいと思う者がいるなんて。

驚いている咲莉に気づくと、すまなそうな顔になって聖鷹は言う。

「ごめんね、そもそも、咲莉くんを危険に巻き込むつもりはなかったんだ。店舗のほうは警備会社と契約しているし、出入り口には監視カメラも設置してある。夜、僕がいない店で寝起きする分には問題ないと思い込んでた。でも……まさか、鞠子さんと一緒にいたことで、君が人違いをされて危ない目に遭うなんてね。予想外だよ」

本当にごめん、と謝罪されて、咲莉は慌てて首を横に振る。

「い、いいえ、聖鷹さんのせいじゃありません。それに、鞠子さんが買ってくれた上着も、すごく嬉しかったですし……」

楽しかった買い物行脚のお供が、一転して不可解な事件に変わってしまった。

聖鷹が言った先ほどの言葉の意味を考えていた咲莉は、ふと気づいて「あの」と声をかけた。

「何？」

「……もしかして、聖鷹さんは、犯人の予想がついているんですか？」

咲莉の問いかけは想定内だったのか、彼は表情を変えない。

彼には年が一回り以上離れた姉が一人いる。その他の家族は、亡き父と母の鞠子だけのはずだ。だが、母と弟が消えたとき、遺産を手にする者が誰かと考えると、恐ろしい結論に行き着いてしまう。

（聖鷹さんたちは、お姉さんに命を狙われてる……？）

まさか、そんなことはあり得ない――と、咲莉は信じたかった。

聖鷹の姉である絢美の話は、時折鞠子から出るけれど、聖鷹の口から聞いたことはほとんどない。店にも来たことがないので、咲莉はどんな人なのかもよく知らなかった。

「僕が気づいたことは有馬に伝えてある。あとは警察が調べてくれると思う」

あれこれ考えて混乱し切った咲莉とは裏腹に、聖鷹は冷静な様子だった。

「都内は防犯カメラだらけだから、そう遠からず犯人は見つかるはずだ。だけど、もし、鞠子さんと僕を殺すことが狙いだったら、まだ諦めずに狙ってくる可能性もなくはない」

彼は驚くようなことをごく普通の口調で淡々と言う。ことは彼らの命の問題なのに。

「鞠子さんが今住んでる鎌倉の家は彼女の実家なんだ。祖父母はもう亡くなっているけど、セキュリティーはかなりしっかりしてる。常駐の使用人も、運転手兼任の青井さんもいるし、番犬も二頭いる。鞠子さんはあっちの家にいさえすれば、それが一番安全だと思う。僕も自分の身くらいは守れる。だから、今もっとも危険なのは、昼間は僕と一緒に働いていて、夜は店に一人で住んでいる咲莉くんなんだ」

「だ、大丈夫です！　次は、走って逃げます！」

拳を作って力強く言ったけれど、聖鷹は「駄目だよ。昨日襲われたこと、忘れたの？　どんなことが起こるかわからないんだよ」と、まったく取り合ってくれない。

「こうなった以上、本当は店からも僕からも関わりを断って、安全なところで暮らしてもらうのが最善だと思うんだけど……しつこくてごめん。もう一度だけお願いするけど、安全な部屋を用意するから、やっぱりそっちに引っ越さない？」

犯人が捕まるまででもいいから、と言われて、咲莉は一瞬悩む。決意を固めると、聖鷹をまっすぐに見つめた。

「今の話を聞いたら、余計に遠くになんか行けません」

彼が驚いた顔になる。咲莉は状況を頭の中で整理しながら続けた。

「だって、本当に狙われているのは鞠子さんと聖鷹さんなんですよね？　それなら、万が一何かあったとき、誰かが二人のそばにいたほうが安全じゃないですか」

「でも、それじゃ本来狙われる理由のない咲莉くんの身をまた危険に晒すことになる」

「構いません」と咲莉はきっぱりと言い切った。

「俺、正直言って腕っぷしにはぜんぜん自信ないですけど、頑張って大声出したり、助けを呼んだりくらいならできると思います。それに聖鷹さん、さっき言ったじゃないですか。『犯人はすぐに捕まると思う』って。だったら尚更、それまでの間そばにくっついて、聖鷹さんが何かされないように守りますから！」

力説すると、聖鷹はなぜか天を仰いでしまう。

これまで助けてもらった彼の力になりたい。咲莉にあるのは、ただ、その一心だけだ。

だが、迷惑だったろうか。

「……まさか、そうくるとは思わなかった」

苦笑いをした彼が、気を取り直したように言った。

「咲莉くんの気持ちは、本当にありがたく思うよ。でも、僕を守ろうとしないでいい。君自身が安全なところにいようと努めてくれるだけで、僕を守ることになるから」

「気をつけます」と咲莉は真面目な顔で頷く。

「元々、引っ越し先にも念のためセキュリティーを巡回させて、君の身の安全には最大限気を配るつもりだった。だから、咲莉くんが意識して僕から離れずにいてくれるなら、むしろ好都合かもしれない」

自分に言い聞かせるように言う聖鷹には、どうやら咲莉はまったくボディーガードとして当てにされていないらしい。ただ、そばにいることは受け入れてもらえたようだ。

「犯人が誰かはわからないけど、襲ってきた奴は、鞠子さんより先に君を刺そうとしてる。似た服を着ていたら、僕と君の見分けすらつかない人間みたいだから厄介だよ。しかも昨日失敗して、捕まる前にと焦り、どんな行動に出るかわからないんだから」

咲莉は聖鷹に三つのことを約束させられた。

当面の間、単独行動はしない。

出かけるときは、聖鷹か警備会社の人間を必ず帯同させる。

万が一何か起きたときは、自分の身の安全を最優先すること。

そうして、「先日の犯人が確保されて、身の安全が確保できるまで」という期限付きで、咲莉は聖鷹の家に居候することになった。

ホッとした顔で聖鷹が立ち上がる。

「じゃあ、そうと決まれば、部屋と家の中のことを説明するよ。一人で出入りはしないかもしれないけど、いちおう、家に入るときのセキュリティーシステムの解除方法は教えとかなきゃ」

おいで、と手招きされて、咲莉が立ち上がるより前に、膝の上からミエルが飛び降りる。白猫はこっちこっち、と先導するように咲莉の前を歩いていく。その様子を頬を緩めて眺めながら、聖鷹が言った。

「そうだ、お祖母様にも連絡しておいたほうがいいな。あとで住所をメモするから、住まいを移したことを伝えてもらわなきゃね」

「でも、数日で犯人が捕まるかもしれませんし」

咲莉が何げなく言うと、聖鷹はわずかに表情を曇らせた。

「……そうなるといいんだけどね」

「あ、で、でも、祖母にはいちおう、その旨連絡しておきます！」と咲莉は慌てて言った。

咲莉としては、無事犯人が確保されたら、新しい部屋を借りるつもりだ。そうなると、二度新しい住所を伝えることになると思ったのだけれど、この場合は、聖鷹の祖母への気遣いを受け止め、素直に従っておくべきだろう。

祖母とは電話でやりとりすることがほとんどだが、たまに実家宛てに来た手紙などを店の住所に転送してもらっている。近くだから取りに行けなくもないが、一人での外出を控えるとなると、ついてきてもらう人に手間をかけさせることになる。それもこちらの住所に送ってもらうほうが合理的。

「よかった。僕もいちおう、お祖母様から咲莉くんをお預かりしてるつもりでいるから。ささいなことでも、できるだけ家族には心配をかけないほうがいいからね」

リビングルームを出ようとする彼についていこうとしかけて、家族、という言葉に引っかかる。咲莉はハッとして気づいた。

——もしかしたら、このやたらと広い部屋は、これから美沙子と暮らすための家なのかもしれない、と。

ここで世話になる心積もりができたところだったが、急激に気持ちが萎んだ。

今は彼女の姿はないようだけれど、婚約しているのなら、当然ここにも来るだろう。

婚約者の店で働いているアルバイトが、店の空き部屋に居候しているのはぎりぎり許容範囲内かもしれないが、彼と同じ家に厄介になるのは、抵抗を感じるかもしれない。

聖鷹と婚約者の幸せな暮らしの邪魔にはなりたくない。

彼が心配そうな顔で戻ってくる。

「どうしたの？　もしかして、また何か困ってる？　気になることがあるならもうなんでも言ってよ」と促され、咲莉は思い切って口を開く。

「ええと……、ここには、その、美沙子さんが来たり……」

「——美沙子さん？　この間、店に来た美沙子さんのこと？」

不思議そうな顔で確認されて、咲莉ははいと頷く。

「これから、ここで一緒に住んだりとか……」

「ん？　なんで？」

聖鷹は怪訝な表情を通り越して首をひねっている。

まだ同居はしないのだろうか。ちゃんと式を挙げてからなのかななどと考えながら、悲しい気持ちを押し隠して、咲莉は続ける。

「俺、邪魔になるのは申し訳ないですから、やっぱり」

「ちょ、ちょっと、咲莉くん。なぜなのかまったく理解できないんだけど、まさか、美沙子さんと僕が恋愛関係にあると誤解してない？」

驚いた顔で確認されて、咲莉は戸惑った。

二人の間をうろうろしていたミエルが、聖鷹の足元にぺたりと座る。

「……違うんですか？」

「まったく違うよ!! というか、美沙子さんは既婚者だし」

咲莉は自分が勘違いしていたことを知ってあたふたした。

「えっ、そ、そうなんですか、『身内みたいなもの』って言ってたから、俺、てっきり」

「ああ、そうか、ごめん。確かに、ちょっと複雑な間柄だから、店の営業時間中に説明するには難しくて」

聖鷹は額に手を当てて苦渋の表情をした。

「僕の言い方が悪かったんだね。彼女は小川《おがわ》美沙子さんといって、一緒に暮らしたことはないけど……僕の、もう一人の姉なんだ」

咲莉はぽかんとした。

「……お姉さん、ですか？」

うん、と彼は頷く。

まだいまひとつ話が呑み込めていない咲莉に、優しい顔をして聖鷹が付け加えた。

「つまりね、彼女は、僕の父が母以外の女性との間に授かった子なんだ。だから、僕とは関係で言うと、腹違いの姉弟に当たる。父が亡くなったときに初めて知らされたから、正直、ちょっと姉弟の感覚は薄いんだけど。でも、普通に身内の一人としてやりとりはあるし、困ったことがあれば助けたいと思ってるんだよ。まだ三歳の甥っ子もいるしね」

父の法事等で定期的に連絡を取る上で、聖鷹は美沙子が生んだ子供が難病を患っていることを知ったらしい。

美沙子は父の遺産の遺留分を相続したが、高額な相続税を払う前に、美沙子の母が勝手に手をつけて使い込んでしまった。そのいざこざで、最終的に彼女の手元にほとんど遺産は残らなかったそうだ。その後、母も亡くなり、彼女が子供の闘病に金銭面で苦労していることを知ったため、治療に関わることは桜小路家が弁護士を通じて援助しているのだという。

そんな彼女が先日、店にやってきたのは、数日前から夫と連絡が取れないことで彼の身の安全を危惧し、警察関係者に知り合いのいる聖鷹を頼りに来たということらしい。子供の具合が悪くて急変の可能性があると聞き、請け合ったそうだ。

「有馬に頼んで調べてもらったら、仕事で都内にいるらしいことまではわかった。美沙子さんにはすぐに伝えたし、雇い主を通じて、旦那さんにも家族に連絡するよう言ってもらったよ。言う通りにするかどうかはわからないけど」と苦い顔で彼は言う。

聖鷹が気遣うのもわかる。難病を患う幼い身内に、優しい彼が心を痛めないわけはないだろう。

（……まさか、姉弟だったなんて……）

意外な話に、咲莉はまだ驚いていた。それなら、婚約などあり得ない話だ。

「俺……、勝手に、美沙子さんは聖鷹さんの婚約者なのかなあと思ってました」

「ええっ!? あー、まあ、『家族じゃないけど身内』って言われたら、そうも取れる、かな？」

聖鷹にとってはあり得ない誤解だったのか、咲莉の言葉に苦笑している。

「でも、僕には婚約者なんていないよ」とはっきり言われて、咲莉の体から力が抜けた。

「そっか……、なんだ、よかったあ……」

安堵のあまり、気持ちが一気に緩んだ。笑顔になりながら、ついぽろりと口からそんな言葉が零れる。

すると、聖鷹がふいに目を丸くする。なんだろうと思った次の瞬間、咲莉は我に返った。

頭からスーッと血の気が引く。

――これでは、自分の気持ちを告白してしまったも同然ではないか。

「あ、あの、ええと、違うんです、その……聖鷹さんに、婚約者がいなくて、よかったって言ってるわけじゃなくて……っ」

必死に誤魔化そうとするが、後の祭りだ。

どうしようもない失態に手をばたばたさせながらあわあわしていると、聖鷹が目の前まで近づいてきて、咲莉は身を強張らせた。

「咲莉くん」

肩に手を触れられ、咲莉はびくっとする。緊張で胸が急に苦しくなって、まともに息が吸えなくなった。

「大丈夫だから、落ち着いて。ゆっくり深呼吸して。ほら、スーッて吸って……フーッて吐いて」

咲莉は彼の深呼吸をまねて、ひたすらゆっくりと呼吸を繰り返す。

どうにか息がまともにできるようになると、聖鷹はようやく安堵の表情になった。

「す、すみません……」

どうやら動揺のあまり、過呼吸になりかけていたようだ。慌てすぎな自分が恥ずかしくて、呼吸が楽になったとたん、咲莉は地の果てまで落ち込んだ。

「謝らないで。昨日からいろんなことがあったから、まだ落ち着かなくて当然だよ」

聖鷹が咲莉の両肩をぽんぽんと優しく叩く。

（……さっきので、俺の気持ち、ばれちゃったかな……）

何も突っ込まれなかったのはありがたい。けれど、彼が咲莉の言葉をどう受け止めたのかがひどく気にかかった。もし伝わっていて、聖鷹が内心では困っていたらどうしよう。過去に戻れるなら、あの発言を修正して、なかったことにしたい。

いっとき呼吸困難になったせいでまだ潤んだままの目で、咲莉は彼を見上げる。視線がぶつかると、聖鷹が動きを止めた。

彼は何か言おうとして口を開き、なぜかその言葉を呑み込んで唇を閉じる。

ふいに聖鷹が身を屈めてくる。整った顔が間近まで近づいてきて、え、と思ったとき、額に温かいものが触れた。

ゆっくり身を離した聖鷹は、真面目な顔をしてじっと咲莉を見つめている。

「……何事も、急ぐ必要はないな。全部、片がついてからだ」

ぶつぶつと独り言のように言う聖鷹に、咲莉は呆然として目を瞬かせる。

──今、額にキスをされたような気がするのだが。

「そうだ、ゆっくり進めよう」

聖鷹は自分に言い聞かせるみたいに言う。いったい、何をどう進めるつもりなのか。

「あのう……、聖鷹さん……？」

よくわからなくて、おそるおそる訊ねようとしたとき、「失礼します」という声が聞こえて、驚きに心臓が竦み上がった。

目を向けると、キッチンのほうから出てきた皆川がすまなそうに立っている。

「お話し中に申し訳ありません。お茶の支度ができておりますので、必要でしたらいつでもお声がけください」

「ああ、ありがとう皆川。頼むよ、ちょうど喉が渇いていたところだ」

聖鷹がやけに明るい声で返事をする。

「咲莉くんも飲むよね？」と訊かれて、「は、はい、いただきます」と答える。

店を出る前に珈琲を淹れてもらったというのに、今はもう喉がカラカラだ。

「じゃあその前に、さっと家の中を回ってこようか」

「は、はい！」

いつも通りの顔を取り戻した彼のあとを慌ててついていく。

さっきの告白まがいの失言は忘れてくれたらしい。特に言及されなかったことに心底ホッとして、咲莉はようやく緊張を解いた。

（なし崩しに告白せずにすんで、よかった……）

今、彼と彼の母の命を狙う犯人が野放しになっているこんな状況で、自分の気持ちを押しつけたくはない。

もしいつか、玉砕覚悟で告白するにしても、もっといろいろなことが落ち着いてからだ。

そう決意して、咲莉は彼のあとについて歩き始める。

するといつの間にか床で横になっていたミエルがのっそりと起き上がった。あくびと伸びをしてから、小走りで咲莉も聖鷹も追い抜き、トットッと先頭を歩き始める。

「さっき探検してきたから、ミエルが案内してくれるって」と言って聖鷹はおかしそうに笑い、咲莉も笑顔になる。

二人と一匹は、やたらと広い家の中を巡り始めた。


咲莉が聖鷹の自宅に移り住んでから三日後。警察から待ちかねた連絡が来た。

「――有馬からだった。あの襲撃犯が捕まったって」

通話を終えてスマホを置くと、険しい顔で聖鷹が教えてくれた。

その日、有馬ともう一人の刑事が聖鷹の自宅までやってきた。逮捕されたのは無職で三十歳の男だ。男の動画と写真を見せられて、咲莉は困惑した。

確かに、襲ってきた男によく似ているとは思う。けれど、夕暮れ時の一瞬のことで、眼鏡とマスクもしていたため、正直、犯人だと断言はできない。鞠子にも確認したところ、同じような答えだったそうだ。

だが、幸い、逮捕された犯人自身が犯行を認めていて、これから警察で調べを進め、事件の裏を取るという。また何かわかれば連絡すると言い置いて、有馬たちは帰っていった。

「参ったな……」

犯人が見つかってよかったけれど、ぼやく聖鷹の表情は晴れない。咲莉にも、彼の気持ちはよくわかった。

なぜなら、捕まった男は、咲莉たちを襲った理由を『闇バイトの掲示板で引き受けた仕事だった』と自供したからだ。

怪我をさせたら数十万、殺害に成功したら一人につき数百万という話で、金に目がくらんで引き受けたらしい。恐ろしい話だ。

「たぶん、実行犯は計画した者とは別の人間だろうと思っていたけど、まさか掲示板で募集したバイトとはね……」

だとしたら、まったく似ていない聖鷹と咲莉を間違えたのも納得だ。

鞠子の送迎車のタイヤをパンクさせたのも、依頼主に指示されたこの犯人のしわざだった。具体的にどんな情報を得て実行したのかを調べ、真の依頼主を捜さねばならない。

有馬たちの話では、該当した掲示板のサーバーは海外にあり、しかもいくつかの国を経由している。そのため、警察としても依頼主を探り出すのに時間がかかる難儀な案件らしい。

更に頭を抱えたのは、今回の依頼主が他にも聖鷹たちを襲うバイトを雇っている可能性はゼロではない、ということだった。

誰かに危害を加えるような書き込みは、警察のほうでもサイバー犯罪対策の部署が監視しているという。だが、いたずらも混ざったすべての書き込みを、実行前に一つ一つ潰していくことはどう考えても不可能だろう。

有馬たちが帰ったあと、聖鷹は珈琲を淹れ直してくれた。咲莉にはカフェオレ、ミエルは好物のおやつをもらって喜んで食べている。茶菓子は「ちょっと作る気が起きなくて」と言う聖鷹が、皆川に頼んで百貨店で買ってきてもらったスコーンを温めたものだ。バターが多めのしっとり感が絶妙だが、店で出している彼の手作りのものとは違う味だ。

店を閉じてまだ間もないのに、外側はさくさくで中がふわっとしたクイーン・ジェーンの自家製スコーンがなんだか懐かしく感じられた。

聖鷹が何か考えているようなので、咲莉はしばらくの間無言でおやつに取りかかった。

「……もしかしたらと想定していた中で、一番厄介な結果だった」

咲莉がスコーンを一つ食べ終わった頃、聖鷹がやっと口を開いた。

「鞠子さんの家も、セキュリティーサービスのガードマンを二人常駐させて、警察の巡回も強化してもらうことにした。もちろん、この部屋もだ。不自由させて本当に申し訳ないけど、襲撃を依頼した犯人が捕まるまでは、咲莉くんもここで大人しくしていてほしい」

「で、でも、あの上着はそれまで着ないようにしますし、引っ越し先でまで俺が狙われることはないんじゃ……」と言いかけて、聖鷹が渋い顔をしていることに気づく。

彼は深くため息を吐いた。

「……咲莉くんは、僕と同じ店で働いていて、しかも、店で寝泊まりまでしていた。真犯人が依頼した掲示板は一か所とは限らない。金に糸目をつけなければ、実行犯なんて何人でも雇える。しかもそこで、どんな襲撃の指示をされているかもわからないんだ。この状況で、アパートで一人暮らしなんてぜったいにさせられないよ」

彼は、自分を襲撃するよう依頼を受けた雇われ殺人者に、誤って咲莉が危害を加えられる可能性を強く危惧しているようだ。

奨学金の関係で留年できない咲莉も、怪我をしたいわけではない。しばし悩んだ末に覚悟を決めると、「わかりました、じゃあ、もう少しお世話になります」と言って、ぺこりと頭を下げる。そのあとで、大切なことを思い出す。

「……あの、じゃあ、クイーン・ジェーンの営業は……？」

聖鷹は難しい顔で首を横に振る。

「もちろん、万が一に備えて、しばらくは店も開けないよ。他の人を巻き込むわけにはいかないからね。あ、うちのバイトがない日に行ってたイベントのバイトもなしだよ？」

咲莉は動揺した。それでは、まだ丸一か月もある休みの間、まったくアルバイトができないことになる。

「もちろん、僕の頼みなんだから、本来入るはずだったバイト代はすべて出すよ」と言われたが、働いていないのに金を受け取るわけにはいかない。だったらオンラインでできる家庭教師のバイトでも探します、と答えたとき、ふと気づく。

（あれ……そうなると、……残りの夏休みの間中、聖鷹さんとずっと同居ってこと？）

こんな状況で、嬉しいなどとはとても言えない。

だが、予想もしていなかったまさかの出来事に、咲莉は内心でどぎまぎしてしまう。

「咲莉くんの夏休みが終わって、後期の授業が始まるまでに、真犯人が見つかるといいんだけどね」

悩ましい表情で聖鷹が言う。

その顔に、あることを思い出して、咲莉は愕然となった。

彼を亡き者にして得をする人間が、もう一人いることに気づいたのだ。

腹違いの姉――美沙子にも、聖鷹の遺産を受け取る権利はあるのではないか。

そう思ってすぐに、咲莉は自分の中に浮かんだその考えを慌てて否定した。

（聖鷹さん、美沙子さんのお子さんに援助してるって言ってたし……）

異母姉弟でありながら、難病の子を支援し、夫を捜してほしいという頼み事を快く引き受けるような彼の命を狙うなんて、あり得ない。

そうなると、真犯人、という言葉を口にしたとき、聖鷹の頭の中には、やはり実の姉である絢美の顔が思い浮かんでいたのかもしれない。

しかし、聖鷹や鞠子の暮らしぶりを見るに、おそらくは姉だって裕福な育ちをしてきたはずだ。それなのに、母や弟の資産を狙ったりするだろうか？

鞠子から聞いたところでは、聖鷹の姉は結婚して家を出ている。子供はまだいないそうだ。

いったいどんな人なのだろう。もし真犯人だとしたら、聖鷹の姉の気持ちが、咲莉には理解できない。

いっぽうで、犯人の予想を口にしない聖鷹の気持ちは、少しだけわかる気がした。

咲莉だって、万が一にも唯一の家族である祖母に襲撃の計画をされたら、親代わりの祖母を警察に突き出せるとは思えない。その前にどうにか改心してほしいし、自分が持っているものが欲しいと言うなら迷いなく差し出すだろう。聖鷹と姉の関係はよくわからないけれど、身内間のいざこざは悲しいものだし、たとえ解決しても禍根が残りそうだ。

（……どうか、真犯人が聖鷹さんのお姉さんではありませんように……）

心の中で必死に祈る。咲莉はぎこちない笑顔を作って、口を開いた。

「早く、店を開けたいです。常連さんたちも寂しがってると思いますし」

聖鷹もそうだね、と小さく笑った。

「ああ、そうそう。常連さんといえば、皆川が取りに行ってくれたんだけど、店のポストに手紙が届いてたんだ。僕か咲莉くんの具合が悪いと思ったのか、快癒祈願のお札が添えられてて、『早く店を開けてちょうだい』『いつもの溜まり場がないと困るの』とか、あと、『捜し物を頼みたいから、家の場所を教えて』とか、勝手なことが書いてあったよ。うちは喫茶店であって、便利屋じゃないんだけどね」

めちゃくちゃな言い分に、聖鷹は苦笑している。たびたび来ては珈琲とスコーンで何時間も談笑する客たちの姿が思い浮かび、思わず咲莉も笑ってしまった。

ともかく、一刻も早く真犯人が見つかって、皆の身の安全が保証されますように。

今はそう願うことしかできなかった。

「うん、そう。今から住所言うね」

まだしばらくの間、聖鷹のところに置いてもらうことになりそうだと決まったその日、咲莉は祖母に電話をかけた。詳しく説明すると心配させてしまうので、事情により店が休業する間は空き部屋が使えないため、一時的に店長の家に世話になると伝えることにした。

元々、聖鷹は咲莉が都内に引っ越してから住んでいたアパートの大家だ。縁あって彼が経営する喫茶店でバイトとして雇ってもらえて、空き部屋に住まわせてもらっていることは、すでに祖母も知っている。とても親切な人だと話してあったせいか、『またお世話になって、店長さんには頭が上がらないわねえ』と感心していて、重々礼を伝えておくようにと言われた。

事件後、ずっと咲莉のことを心配していた鞠子には、聖鷹が電話して状況を知らせてくれた。『咲莉くんが聖鷹さんのところに住むなら安心だわ』と彼女も喜んでいたそうだ。

そうして、警察から襲撃の依頼主を捕まえたという知らせが届くのを待ちながら、聖鷹の家に籠もって暮らす日々が始まった。

外に出られないとなると、時間は驚くほどあった。

何せ、大学は夏季休暇中で、サークルには入っていない。少ない友達からの誘いはバイトを目いっぱい入れるからとあらかじめ断っていて、そのバイト先は休業中なのだ。

休み明けに出すレポートを早々に終わらせると、咲莉はオンラインでできるアルバイトを探した。すると、家庭教師のバイトがいくつかヒットして、受験対策の小論文指導のアルバイトを見つけることができた。直接通うより時給は安いし、一日一、二時間程度しか働けないけれど、それでも何もできないよりずっとましだ。

咲莉はそのバイト以外の時間を趣味の小説の執筆に使い、投稿作をひたすら進めていった。体が疲れていないからか、どんどん執筆は捗り、予定していたよりもずいぶん早くに完成させることができそうだ。

あまりに楽な暮らしに申し訳なさを覚え、皆川が来ない日の食事作りと、洗濯や掃除をさせてもらうことにした。聖鷹は気にしなくていいと言ってくれるけれど、居候の身なので、少しでもできることがあれば役に立ちたい。

彼の家は5LDKもの広さがあった。トイレは二つ、バスルームの他にシャワールームまで備えつけられている。不動産にはさっぱり詳しくないけれど、価格は軽く億を超えているだろうことは確実だとわかる。

広くて掃除のしがいがあるものの、そもそも几帳面な皆川の掃除が行き届いていて、ロボット掃除機が定期的にタイマーで各部屋を綺麗にしている。咲莉にできることといえば、水場の掃除や棚を拭いたりする程度しかない。

それでもまだ時間が余れば、猫用のおもちゃを振ってミエルを構ったり、漬物や常備菜を作ってみたりと家事に勤しんでいる。

（……こんなにのんびりできるのって、これまでの人生で、初めてかもしれないな……）

中学生の頃から新聞配達をしていたので、バイトをしていなかったのは受験勉強中だけだ。畑があった頃はその手伝いもあり、ぼんやりする暇はほとんどなかった。

この家に移ってからというもの、時折不安になるほど日々は穏やかで、時間がゆっくりと流れている。

とはいえ、真犯人が見つかりさえすれば、もう聖鷹の厚意に甘えず、早々に新しいアパートを探して引っ越さねばならない。いくつか不動産会社のサイトで探してみたが、家賃が安い部屋はなかなかなくて頭を抱えている。冷蔵庫や洗濯機も、前のアパートを引き払うときに処分してしまったから、新たに購入しなくてはならない。

あと何日のことかはわからないけれど、有馬から聖鷹に連絡が来たら、店も再開できる。再び慌ただしい日常が戻ってくるはずだ。


聖鷹が不在だったその日の昼間、鞠子から電話がかかってきた。

『早く咲莉くんに会ってお詫びをしたいんだけれど、うちの犬に慣れている友人が来てくれないことには家を留守にできなくて』とすまなそうに言う。

犬たちが懐いていて、外泊時に面倒を見てくれる友人が最近忙しく、月に一度程度しか頼めないそうだ。

しばらく二頭の愛犬の話を聞いたあと、咲莉は思い切って、今回の事件について、犯人の心当たりはないかと鞠子に訊いてみた。聖鷹は相手の目星がだいたいついているようだが、鞠子の考えを知りたいと思ったのだ。

しかし彼女の答えは意外なものだった。

『それがねえ、たくさんいすぎて……本当に、いったい誰なのかしらね』という困り切った鞠子の言葉に、咲莉は呆気にとられた。

聖鷹には内緒で、という前置きのあと、彼女は狙われる心当たりについて教えてくれた。

――そもそも聖鷹の父、すでに故人である桜小路鷹重《たかしげ》の生まれから話は始まった。

大変な資産家だった桜小路一族当主の一人息子として生まれた鷹重は、桜小路財閥の財産の大半を父から受け継いだ。

代々、桜小路家の財産は、遺言状により長男だけに遺されてきた。鷹重の四人の叔父たちも、なんらかの系列企業を継いでいたものの、長子である鷹重の父が受け取った莫大な財産とは比べものにならない。四人の弟たちは恵まれた兄を妬み、親戚関係は決して良好とは言えなかったようだ。

鷹重の父は他の兄弟よりも優遇された。

理由は、ただ生まれた順番が早かったということだけだ。

当然、その他の者たちから不満が出ないわけがない。

更にその息子の鷹重は、身内の要求を聞かず、父亡きあと遺留分を除いた遺言書通りの遺産を、我がものとして堂々と受け取った。

その後、鷹重は、親族たちと別荘に集まった際の失火によって、命を落とした。

「火事、ですか……？」

『そう。親族七人が泊まりがけで長野の別荘に行っていてね、誰かのタバコの火の不始末が原因だったみたい。焼死したのは居間で寝ていた夫だけで、あとの人は、皆それぞれの部屋で寝ていて一酸化炭素中毒だったそうよ』

七人もいたのに誰一人として逃げられなかったのは、お酒が入っていたからだろうと判断された。

そもそも、桜小路の一族は、年に一度、各グループ会社のトップがその別荘に集まり、慰労を兼ねた定例会をする慣例があったそうだ。その年は桜小路の会社関係でいろいろと決めることがあったため、経営のトップだった親族のほとんどがそこに集まっていた。

一族の男で助かったのは、まだ七歳で、会合に参加していなかった聖鷹だけだという。

その結果、鷹重の長男である彼が、父の遺産の大半を受け継ぐことになった——親戚縁者の呪いや恨み、涙を呑み込んだ莫大な資産を。

聖鷹が成人するまでは、数人の弁護士が後見人となった。家族を失った親族たちからは、子供がほとんどの資産を独占することに異論が噴出して、当時は会社も家も大混乱に陥ったそうだ。

七人もの死に、遺産争い。

貧乏ではあっても、祖父母と肩を寄せ合って暮らしてきた咲莉にとっては、衝撃的な話だった。

『やっぱり、夫はほとんどの財産を継ぐことになったから、お金目当てで殺されたんじゃないかってことでねえ。私ももちろん調べられたし、遠縁の親類まで、利害関係のある人はみんな警察に話を聞かれたみたいなんだけど、その日参加していた人は全員亡くなってしまっているから……特に不審な証拠も見つからなくて、結局、事故という結論に落ち着いたのよ』

一瞬、殺人事件なのではないかと思った咲莉は、警察が出した結論を聞いても、まだ腑に落ちないものを感じた。

鞠子の夫は、死を予感していたわけではないだろうが、聖鷹に多くを遺すために、当時からかなり綿密な節税と相続対策をしていたようだ。そのせいで妻の鞠子も、遺留分を含めても思ったよりずっと受け取れるものが少なかったらしい。とはいえ、元々実家が裕福でもあり、暮らしていくにはじゅうぶんすぎる金額だったこともあって、夫が息子に渡すことを望んでいたならそれでいいと思っていると彼女は言った。

『ただねえ、やっぱり娘は、同じ姉弟なのにって、弟とのあまりの遺産の格差に怒っていたわね。でも、結婚したあとは、お金がありすぎてもいいことはないってわかったんじゃない？　聖鷹さんとの絶縁も解いたみたいよ』

（……じゃあ、襲撃の依頼主は、お姉さんではない……？）

一縷の希望が見えた気がした。しかし、だったら、今回の真犯人は誰なのだろうという問題が残る。

『今もまだ遺産問題に納得していないのは、当時の火事で亡くなった義叔父様たちの奥様やお子さんやら、そのあたりの人たちね』と鞠子は言った。

鷹重が亡くなっても、妻子である鞠子たちがいる以上、その他の親族は遺産を得る権利はない。けれど、そんなことはお構いなしで、年に何度かは、彼らから金を無心する手紙が届くのだと鞠子はため息を吐いている。

鷹重の叔父の家族たち——つまり、聖鷹にとっては大叔父の妻子に当たる者たちだ。

だが彼らは、聖鷹が言っていた『鞠子と聖鷹が亡くなって、得をする者』には当てはまらない。

その後も少し雑談をしてから、来月になったら必ず会いに行くから！と言って、鞠子からの電話は切れた。

鞠子の心当たりと、聖鷹の心当たりは違うのかもしれない。それがわかったことは収穫だったが、咲莉は更に混乱していた。

その夜、咲莉が風呂から上がると、洗面所の扉の前でミエルがちょこんとお座りをしていた。

「どうした、ミエル？　待っててくれたのかな」

嬉しくなって抱き上げると、リビングルームに連れていく。そこに聖鷹の姿はなかった。

（まだ十二時前だけど……もう寝ちゃったのかな……）

咲莉はそっと彼の部屋の気配を窺う。

聖鷹はたまに外出することがあり、今日も日中は留守にしていた。

『外に出るときは有馬と一緒か、そうでないときは、必ずセキュリティーサービスの人間に帯同してもらってるから心配いらないよ』と言われているが、やはり帰宅するまでは気にかかる。

在宅時は、何をしているのか、彼は食事の時間以外は自分の部屋に籠もっていることがほとんどだ。時折『珈琲淹れたからよかったらどうぞ』と声をかけてくれることもあるけれど、一緒に飲むことはない。そもそも、居候させてもらうようになってからなぜかあまり咲莉のほうを見ず、どこか心ここにあらずといった様子なのが心配だった。

同じ家で寝起きしているのに、バイトで日中だけ一緒だった頃よりも聖鷹を遠く感じる。

（聖鷹さん、どうしちゃったんだろう……）

彼のことを気にかけながら、咲莉はソファに腰を下ろす。腕に抱いたミエルのふわふわの毛並みは、時間がある分も毎日丁寧にブラッシングしているから、いつにないほど艶々だ。

耳の後ろや顎の下など、聖鷹に教わった猫の好きなところを撫でていると、白猫はうっとりと心地よさそうに目を細める。

ミエルがゴロゴロと喉を鳴らす音に癒やされながら、鞠子との電話の内容を思い出す。

電話を切ったあと、意外な来客があった。今日は皆川が来る日でもあったので、彼ともいろいろ話すことができた。

三人に聞いた件について、聖鷹と話したいと思って待っていたのだが――外出先から、少し遅くなるから夕食は皆川と先に食べてという連絡があったのだ。

遅くに帰ってきた聖鷹は、皆川に礼を言って見送ると『留守の間、何も問題なかった？』と咲莉に訊いてきた。来客のことは伝えたが、詳しい話はしていない。その後、咲莉がキッチンの片付けを済ませる間に、彼はシャワールームを使い、部屋に戻ってしまったようだ。

茶を淹れて声をかけてみようかとも考えたが、聖鷹は一人でいたいのかもしれないと思うと、勇気が萎んだ。

ミエルを抱いたまま、キッチンやリビングルームの照明を消し、窓の戸締まりを確認してから、咲莉はすごすごと客間に戻った。

ベッドに入った咲莉は、かすかな音で目を覚ました。

（あれ……まだ外が暗い……？）

カーテンを閉めた窓の外は真っ暗で、時計を見ればまだ午前一時だった。

いつもとは違い、なんだか今日はなかなか寝つけない上に、眠りも浅い。寝る前まで、昼間の鞠子との電話や、皆川たちから聞いた話について考えていたせいかもしれない。

目が冴えてしまい、体を起こすと、ベッドの足元にいたミエルが、ドアの前でお座りをしている。

どうやら目覚めたのは、部屋を出たくてドアをカリカリと引っかくミエルの爪の音だったようだ。トイレかな、と思い、咲莉がドアを開けてやると、白猫は部屋を出てとことことリビングルームのほうに歩いていく。

喉の渇きを感じて、咲莉もそのあとを追うように部屋を出た。


キッチンの明かりをつけて、冷蔵庫からミネラルウオーターを出す。グラスに注いで飲んでいると、ミエルが部屋の奥へと歩いていくのが目に映る。

そちらに視線を向けたとき、薄暗いリビングルームに誰かがいるのに気づいてぎょっとした。

「き、聖鷹さん……？」

ソファに座っていたのは、パジャマ姿の聖鷹だった。ミエルが彼の足元に体を擦り寄せている。

咲莉の声に、両手で顔を覆っていた彼がこちらに目を向ける。

「……どうしたの？　眠れない？」

「ええと、なんだか寝つけなくて、目が冴えちゃって……」

正直に言うと、聖鷹も「そうなんだ。実は、僕もだよ」と小さく笑う。

珍しく彼が弱っているように思えて、咲莉は心配になった。

座ってもいいかと訊いてから、ソファの向かい側に腰を下ろす。キッチンの明かりだけで、部屋は薄暗いままだ。だが、元々明かりをつけていなかったのだから、暗いほうが落ち着くのかもしれない。

何か、気の紛れるような話題をと探して「今日はどこに行ってたんですか？」と訊いた。

「有馬と会ってきた。襲撃犯の足取りを調べるための監視カメラの解析結果を見せてもらったんだ」

浮かない顔ですでにわかっていたが、彼が知る者は映っていなかったらしい。帰宅後も咲莉に伝えなかったのは、収穫がなかったからだろう。

「あとは、闇バイトを募集した掲示板の書き込みにかけるしかないね。警察が依頼主の尻尾を掴んでくれるといいんだけど……」

うんうんと頷きながら、咲莉は彼の様子を窺った。

会話が途切れ、聖鷹は足元で甘えてくるミエルを撫でている。

思い切って、咲莉は気になっていたことを訊いてみた。

「あの……俺、ここにいさせてもらって、本当に迷惑じゃないですか……？」

「え、なんで？　迷惑なんてことないよ」

聖鷹は不思議そうだ。

「ああ、もしかして、今日、僕の態度そっけなかった？　ごめんね、襲撃犯が何人かと会ってるところが映ってるって聞いて、真犯人がわかるかもと期待してたせいか、落胆しちゃって。伝えたら、咲莉くんもがっかりするだろうと思うと、なんか言えなくて」

すまなそうに聖鷹は言う。そうだったのかと、咲莉はホッとした。

「がっかりするかもしれないけど、でも、できたら全部教えてほしいです」

そうだよね、と聖鷹は苦笑している。それから彼は真面目な顔になって言った。

「不安にさせてごめんね。……咲莉くんが迷惑なんてことあり得ないよ。ここにいてくれたほうが安心だ」

今後はちゃんと伝えるから、と彼は約束してくれて、お願いしますと頼む。

(話せてよかった……)

咲莉はしみじみと思った。もし、いつものように朝まで熟睡していたら、聖鷹がここで一人で過ごしていたことを知らずにいたかもしれない。これも、部屋を出たがったミエルのおかげだ。

だが、思い返してみると、今日だけでなく、咲莉がここに来てから、彼の様子はそれまでと少し違っていたのだ。そのことを訊ねてみようかと悩んでいると、聖鷹が先に口を開いた。

「……正直なところ、咲莉くんを家に連れ帰ってから、ちょっと落ち着かない気持ちではあったんだよね」

その言葉に、咲莉が動揺すると、気づいた彼が慌てたように付け加えた。

「あ、悪い意味じゃないんだよ？　店で一緒にいる分は仕事だったから普通にしていられたんだけど……なんていうのかな、その……どうしているのかなって、そわそわするというか」

聖鷹は言葉を選ぶように考えながら続ける。薄暗い中でも彼の顔がかすかに赤くなっているような気がした。

「でも、咲莉くんも自分の時間が欲しいだろうし、あんまり構いすぎても迷惑かもしれないよね。人恋しくなったらリビングルームに出てくるだろうし、とかあれこれ考えて落ち着かないから、なるべく自分の部屋に籠もってたんだけど」

咲莉はぽかんとした。つまり、彼は咲莉のことが邪魔だったわけではなく、咲莉のことを気にしすぎて、ややぎくしゃくした様子だったということらしい。

（そうだったのかあ……）

ホッとして肩から力が抜ける。

「ええと……何かしてるときはそう言うので……、聖鷹さんがよければ、いつでも、好きなときに構ってくれたら嬉しいです」

気持ちは伝えておかねばなるまいと、どうにか正直なところを口にする。

そっか、と照れたように聖鷹が笑い「今度からはそうするよ」と言ってくれた。

彼はいつものようにすぐに部屋に戻る様子はない。本やスマホなどを見ているわけでもなく、本当にただぼんやりと座っていただけのようだ。自分が邪魔なのではないかという誤解がと解けのはよかったが、彼が疲れているように思えて、咲莉は気にかかった。

（無理もないよね……）

咲莉がターゲットになったのはたまたまだが、聖鷹たちは誰かから明らかに命を狙われているのだ。いくらいつも泰然と構えている彼であっても、疲弊して当然だ。

聖鷹にゆっくり休んでもらいたい。そのために、何か、自分にできることはないだろうかと必死で頭を巡らせる。

ハッと思いついて、咲莉は口を開いた。

「あの……もしよかったら、俺、添い寝しましょうか？」

「えっ⁉」

聖鷹が珍しく、素っ頓狂な声を上げた。咲莉は慌てて付け加えた。

「え、えと、この間、襲われた日、聖鷹さんが一緒に寝てくれたら、すごくよく眠れたから……、もしかしたら、聖鷹さんも眠れるかなって……」

しどろもどろになりつつ説明する。

「ああ、そうだね。あの夜は、僕も熟睡したよ」

そう言ってから、聖鷹がじっとこちらを見る。躊躇うような、何か言いたげな目で「本当にいいの？」と確認されて、こくりと咲莉は頷いた。


キッチンの明かりを消して、二人は部屋に戻る。ミエルがそのあとをとことことついてくる。

「あ、僕の部屋のベッドのほうが広いんだ。もし嫌じゃなかったら、こっちの部屋でもいい？」と訊かれる。もちろん、どちらでも構わないので、大丈夫だと頷く。聖鷹の部屋に入るのは初めてで、少し興味が湧いた。

彼が自室のドアを開けると、聖鷹を追い越して先にミエルが当然のように中に入る。部屋の壁際に据えられたベッドの上に飛び乗って、早々に丸くなる猫に、思わず彼と顔を合わせて笑った。

十畳ほどの聖鷹の部屋には、大物家具は広いデスクとチェア、そしてベッドだけしかない。おそらく、他のものは作りつけのクローゼットの中にしまわれているのだろう。

目を引くのは、横長のデスクの上に設置された、六台ものパソコン用モニターだ。絵を描く友人はモニターを二台使っていたりするが、聖鷹にそういう趣味があるとは聞いたことがない。いったい何に使っているのだろう。

咲莉が目を丸くしていると、視線の先にあるものに気づいたのか、聖鷹から「あれは株取引用。暇なときに趣味でデイトレードしてるんだ」と説明されて納得した。

どうやら彼はまだ横になってすらいなかったらしく、大型のベッドは綺麗に整えられたままだ。

聖鷹が薄手の上掛け布団を捲ってくれて、「奥にどうぞ」と促される。失礼しますと言ってから、咲莉はもそもそと先にベッドに上がり、布団の中に潜り込んだ。かすかに聖鷹の香りがして、今更ながらに緊張する。

「咲莉くんは寝るとき、いつも明かりってどうしてるの？」

「全部消して寝てます」

もし実家で明かりをつけて寝たりしたら、もったいないと祖母に叱られてしまう。

そもそも普段は寝つきがいいので、明るくても暗くても眠れる。ベッドの隣に入ってきながら、それを聞いた彼が羨ましそうにため息を吐く。

「そうなんだ。僕は情けないことに真っ暗なのは苦手だし、かといって明るすぎても眠れないんだよね」

聖鷹の意外な繊細さを聞き、咲莉は自分は図太いような気がして恥ずかしくなった。同じ家で暮らしてみると、初めて知ることがいっぱいあった。これまでは、店でしか一緒に食事をしたことがなく気づかなかったけれど、皆川の作り置きを見る限りでは、聖鷹は肉類があまり好きではないようだ。きっと、まだ咲莉が知らないこともたくさんあるのだろう。

ぽつりと聖鷹が言った。

「……せっかくの夏休みなのに、閉じ込めてごめんね」

「いえ、もともとバイト三昧のつもりだったから、どこも行く予定なかったですし」

哀れに思われたのか、聖鷹がなんとも言えない表情になる。

だが、咲莉は本当に、少しも今の状況を不幸だとは思っていない。

身の危険があるのは恐ろしいけれど、真犯人が捕まるまでの辛抱だ。

しかし、彼にはその気持ちが伝わっていないようだ。間近にある美しい顔に目を奪われそうになりながら、考えを巡らせる。

「ええと、初めてこんなにのんびりな夏休みを過ごせて、いろいろ滞ってたことも進められるし、ちょっとありがたいくらいっていうか……それに俺、聖鷹さんとずっと一緒にいられるだけで幸せだし……」

ぼそぼそと言って、皆川さんと聖鷹さんが作ってくれるごはんも美味しいし、ミエルと一日中一緒にいられて楽しいし……と続けようとしたところで、隣に横たわった聖鷹がなぜかこちらを凝視していることに気づく。

「咲莉くん、僕といるだけで嬉しいの？」

「え……ええっ⁉」

問いかけられて、一瞬青褪める。次の瞬間、自分自身がそう言ったのだとわかり、かあっと顔が熱くなった。

「あっ、は、はい、そう、ですね」

聖鷹の罪悪感を消し去りたくて、また余計なことまで言ってしまった。自分の失言癖が憎い。

彼の前以外では、こんなにうっかりミスをすることなどないのに。つい見惚れて動揺したりするせいか、聖鷹にはぽろっと本音を言ってしまう。

ふいに彼が腕で目元を覆う。

「聖鷹さん……？」

笑っているのか呆れているのかわからなくて、不安になった。

「咲莉くんは、僕の癒やしだ」と彼が独り言のように言う。更に小さな声で「可愛い」と呟いた気がした。

フーッと息を吐いて顔を上げた彼の頬は、ほんのり赤くなっている。おかしなことを言ってしまったけれど、嫌がられてはいないようでホッとした。

聖鷹がさっと手元のリモコンを弄ると、天井のライトの照度が落ちて、手元がうっすら見えるほどになる。

おやすみ、という囁きが届く。慌てて「おやすみなさい」と返して咲莉も目を閉じた。


——時折、足元のほうでもそもそとミエルが寝返りを打っている。

ライトを消してから、何分経っただろう。うとうとしながら、咲莉は聖鷹が眠れていないようで気になっていた。

「あの……眠れそうですか？」

意を決して、隣に横たわっている彼に声をかける。

ややあって、「うん、たぶん」という答えが返ってきた。

彼がゆっくりとこちらに顔を向ける。暗闇に慣れてきた視界に美しい顔が映り、咲莉は呼吸が速まるのを感じた。

「……咲莉くんは、眠れそう？」

はい、と答える。そう、と言って聖鷹が表情を和らげた。

聖鷹が手を伸ばしてきて、咲莉の髪を軽く梳く。そっと頭を撫でた。

優しく撫でられる心地よさに、咲莉は思わず目を閉じる。これまで誰かにこんなふうにされたことはなかった。恋心を抱いている相手に大切なものを扱うようにされて、どきどきもするが、それ以上にただ気持ちがよくて、うっとりした。

しばらくの間そうしていた聖鷹が、ふいに囁いた。

「……前に一緒に休んだときと、同じようにしても構わない？」

（前と一緒――）

ぼんやりしていた咲莉は頭の中を探る。店の奥の部屋で、彼に抱き締められて眠ったことを思い出した。

「咲莉くん？」

「は、はい……どうぞ！」

勢い込んで言う。少し躊躇うような間のあと、聖鷹が「じゃあ、失礼」と囁き、咲莉の背中に腕を回してきた。あの夜と同じように、彼の胸元に抱き寄せられそうになり、とっさに声を上げる。

「あ」

「どうしたの？　やめる？」

咲莉は聖鷹の胸元にそっと手を突いた。

「いえ、あの、こうじゃなくて、今日は、その、俺が」

わたわたと咲莉は手を動かす。何がしたいのかわからないのだろう、彼は目を瞬かせている。「すみません」と言ってから、咲莉は思い切って聖鷹の項に手を回すと、自分の胸元に引き寄せた。

困惑顔の彼は、一瞬だけ身を強張らせたものの、咲莉のしたいようにさせてくれる。

寝間着の胸元に彼の額が触れている。咲莉は聖鷹の後頭部に手を回し、頭を抱きかかえるような体勢をとった。ちょうど、前回とは逆の状況だ。

「その、こうしたら眠れるんじゃないかって……俺もあのとき、聖鷹さんのおかげですぐに眠れたから」

襲われた日の夜、咲莉は聖鷹の腕の中で、夢も見ないほど深い安堵の眠りに落ちた。

だから今夜は、それを彼にしてあげられたらと思ったのだ。

聖鷹を眠らせようとしながら、咲莉は彼と話したいと思っていたことを思い出していた。

——鞠子との電話を終えたあと、突然の来客があった。やってきたのは、驚いたことに店の常連客のエリカだった。

聖鷹は留守だと伝えたものの『あらそう。なら咲莉くんでもいいわ。美味しいケーキ持ってきたから食べましょうよ』と言われて、咲莉は迷った。彼は聖鷹の友人でもあり、失礼な対応はできない。どうすべきか皆川に相談し、ともかく上がってもらうことになった。

今日は店が休みだそうでエリカは化粧をしておらず、いつもとは別人のようだった。仕事以外のときはこれが普通らしく、ロングヘアのウイッグなしで、素顔に男物のジーンズとシャツを身に着けていると、驚くほどのイケメンぶりだ。皆川に手土産を渡してから、彼は心配顔で言った。

『店に行ったら休業の張り紙があるから驚いたわよ。咲莉くんは元気そうだけど、キヨは風邪？　まさかとは思うけど、また襲われたとかじゃないのよね？』

（また？）

いったいどういう意味かと訊ねると、彼は驚くようなことを話してくれた。

エリカは、聖鷹と幼稚舎からの幼馴染みだが、当時、聖鷹が攫われかける事件が二度も起きたのだという。一度目の犯人は、聖鷹の父の関連会社で働いていた男で、借金に追い詰められて、桁外れに金持ちな桜小路家の金目当ての犯行だったらしい。

聖鷹たちが通っていたのは裕福な子女を預かる由緒ある学園だが、富裕層ばかりの保護者の中でも、桜小路財閥の資産は桁が二つ三つ違っていたらしい。エリカによれば、聖鷹は名字も珍しく、豪邸の場所も知られていたため、ターゲットにしやすかったようだ。

その後、学園内の警備も強化され、平和な日々が過ぎた。だが、小学校三年の頃に、今度は聖鷹に間違えられて、同じクラスの男の子が誘拐された。警察の介入で、男の子は無事に親元に返されたものの、それ以来登校することはなく転校していったそうだ。

『二度目の被害者はキヨはキヨじゃなかったけど、人違いで同級生がって、やっぱりショックよね。あのあと、キヨも半年くらい学校に来なくなっちゃって、やっと来たら、人が変わったみたいに暗くなっちゃって、あたしたちにとってもつらい思い出だわ』

その件があったせいで、エリカは休業の張り紙を見て、まっさきに聖鷹の身を案じたようだ。

聖鷹は元気であると伝えると、『もー、数少ない幼馴染みなんだから、心配させないでほしいわよね』とエリカはホッとした顔になる。手土産のケーキを食べて皆川が淹れてくれた美味しい茶を飲み、聖鷹に早く店を開けるように伝えてと言って帰っていった。

エリカが帰ったあと、咲莉は迷いながらも、皆川に事件のことを訊ねてみた。すると、いつも言葉少なな彼が、ぽつりと言った。

『同級生の方が攫われたときのことは、よく覚えています。聖鷹様は「自分だったらよかったのに」と泣いておいででした』――と。

それを聞いて、咲莉はやっと理解した。

鞠子と咲莉が襲われたあと、聖鷹が過剰なまでに警戒して、咲莉を安全な場所に置こうとしていた理由を。

彼はいつも咲莉に優しいけれど、これまではどことなく距離があった。咲莉が鞠子と出かけることは許しても、聖鷹と一緒に出かける機会は一度もなかったほどだ。

夜、咲莉が寝泊まりしている店に彼がとどまったのは、この間の夜が初めてだった。

思い返してみれば、あれこれと思い当たる節があって、咲莉は悲しくなった。

もしかすると、今回の襲撃以前から、聖鷹は自らと関わる人間を極力減らす努力をしてきたのではないか、という気がしたからだ。

痛ましい気持ちが湧き、咲莉はぎこちない動きで、彼の髪を労るように撫でてみた。

あの夜、聖鷹が自分にしてくれたのと同じように。

（ふわふわ……）

初めて触れた彼の髪は、驚くくらいに柔らかだった。咲莉の髪もそれほど硬いほうではないと思うが、聖鷹の髪は絹糸のように柔らかくて、ミエルの体毛と同じくらいの猫毛だ。

触り心地のいい聖鷹の髪を撫でながら、咲莉は思わずあくびを噛み殺した。

緊張していたはずなのに、こうして体を密着させていると、元々寝つきがいいせいか、とろんとしてくる。ミエルを膝の上に乗せてぼんやりしているときのように、瞼が重くなってきて、すぐにでも眠れそうだ。

前に彼が一緒に寝てくれたときもそうだった。一人で眠るのに慣れているし、体勢だって楽だと思う。けれど、聖鷹とこうしていると、いい香りのするぬるま湯に浸かっているみたいな感覚で、すぐに咲莉は眠くなった。

単に、人肌の温もりがそれだけ心地いいものなのか、それとも、相手が聖鷹だからなのだろうか——。

(……どうか、彼が眠れますように……)

「暑くないですか?」と小声で訊ねる。胸元に触れている彼の頭が縦に振られて、咲莉はホッとした。

「咲莉くん、あったかくて、気持ちがいい」

ぼそりと彼が呟いて、背中に腕が回される。緩く抱きつかれて、まるで大きな猫のように甘えられると、咲莉の胸はきゅんと疼いた。

外は真夏の気温だが、空調が行き届いた室内は少しひんやりしている。肌触りのいい布団にくるまってくっついていると、ちょうどいいくらいの温度だ。

繰り返し、何度も穏やかな動きで彼の頭を撫でているうち、されるがままでいた聖鷹が、ふと深い息を吐いた。

すり、と額を胸元にこすりつけられたかと思うと、密着している彼の体から力が抜ける。

程なくして、静かな寝息が聞こえてくる。

ホッとするとともに、堪えていた眠気が込み上げてくる。あっという間に咲莉の意識は途切れた。

*

「咲莉くん、おはよう。すごくいい天気だよ」

朝、目覚めて咲莉が身支度をしてキッチンに行くと、ここのところいつも聖鷹はスコーンを焼いている。ダイニングチェアの上にはミエルがまったりと横になっていて、尻尾を振り振りしながら「ナゥン」と咲莉に挨拶をしてくれる。

一人と一匹に挨拶をしてから、「今日も暑くなりそうですね」と言い、焼きたての香ばしい香りに包まれて咲莉は頬を緩める。

ほかほかのお手製スコーンに、淹れたての珈琲、サラダにスクランブルエッグと、聖鷹が作ってくれた美味しい朝食をありがたく食べて、幸せな一日の始まりだ。

聖鷹に添い寝を申し出た翌朝、彼は「久しぶりに熟睡したよ。ありがとう」と言って、ずいぶんとすっきりした顔をしていた。

やはり、いろいろあって、よく眠れていなかったことが大きな負担だったのだろう。

特に事件関係の進展はないようだが、あの日以来、聖鷹の顔色は明るくなって、咲莉もホッとしている。

（でも、まさか、毎晩の習慣になるなんて、思わなかったけど……）

あれからの一週間、咲莉は彼と一緒のベッドで眠る日々を送っている。

最初に聖鷹のベッドで添い寝した次の夜。今日は眠れているだろうかと気になって、夜半にリビングルームを覗くと、やはり彼はそこにいた。その夜は咲莉が申し出たが、翌日の夜からは聖鷹のほうから頼みに来た。

『もし咲莉くんが嫌じゃなかったら、今日もいいかな』、と。

咲莉としては、好きな人の役に立てるのはとても嬉しい。

自分と一緒だとよく眠れると言われることも、特別心を開いてくれているようで、本音を言えば、聖鷹が申し出てくれるのを待ち望んでいる。毎晩天にも昇る心地だ。

そんなわけで、彼との同衾は願ってもないことで、二つ返事で応じているのだが、たった一つだけ、困惑する事態もあった。

聖鷹に抱きつかれて寝ると、いつの間にか、体がやけに熱くなってくる。端的に言うと下腹部のものが反応してしまいそうなことがあるのだ。

せっかくの聖鷹の眠りを妨げたくはない。ただ彼に少々くっつかれただけで、何もされていないのに欲情しているなんて気づかれたら、恥ずかしくて死んでしまう。

そんな日々の中、咲莉はある夜にふと気づいた——咲莉の胸元に顔をうずめて熟睡している彼のものも、どうやら硬くなっているようだ、ということに。

きっと、心地いい眠りの中にいる証拠なのだろう。他人と眠ったことのない咲莉は彼の体の反応に驚いたものの、意外にも少しも嫌悪感を覚えることはなかった。

それどころか、眠っている聖鷹のパジャマ越しの昂りが、無意識なのか自分の膝や腿にこすりつけられると、痺れるような快感を覚えてぞくぞくする。

聖鷹のような完璧な人もこんなふうになるのかと思うだけで、いっそう体が熱くなってしまう。

天使のように美しい容貌をした彼の、外では見せないような姿だ。

咲莉は夢のような夜を過ごしながら、自らの熱に悩まされ、悶々とした時間を過ごすのだった。

＊

夏休みも半ばに差しかかったある日、咲莉のスマホが鳴った。

「うん……助かったよ、今日ぜったい出しに行くから。ありがとう」

咲莉は話しながら部屋を出る。

「どうしたの？」

ちょうど通話を終えたところで、声が聞こえたのか、リビングルームから出てきた聖鷹が心配そうに訊ねてきた。

「俺、これからレポートを提出しに、大学に行ってきます」

「えっ、なんで？」

「夏休み前に提出した西洋中世史のレポート、形式が間違ってて、再提出だそうで」

血の気が引いたまま咲莉が言うと、聖鷹は難しい顔になった。

「メール添付で提出するのじゃ駄目なの？」

「はい。ルールに厳しい教授で、必ず紙で提出するように厳命されてるんです。不備については助手さんがメールしてくれてたのに、俺、気づいてなかったみたいで……今日が再提出の最終期限だったから、同じ講義を取ってる友達が念のため電話で教えてくれたんです」

奨学金ですべての学費を賄っている咲莉は、万が一ゼミの単位を落として留年したら退学せねばならない。まだ落とした単位はないけれど、これから先何が起こるかわからない。何かアクシデントがあったとしても卒業できるよう、今日は何があっても提出しに行かねばと決意する。

硬い表情の咲莉を見て、聖鷹は一瞬だけ迷う様子を見せる。それから「わかった。じゃあ僕も一緒に行くよ」と言い出して、咲莉は驚いた。

「え、で、でも」

「もちろん、セキュリティーサービスにも警護してもらう。だけど、彼らはスーツ姿だし、大学構内ではちょっと目立つからね」

「……本当にいいんですか？」

「うん。今日やることは終わったから大丈夫。さ、ともかく、データを直してプリントしなきゃ。急ごう！」

そう彼に急かされて、咲莉は慌てて部屋に戻るとレポートのデータを開いた。

出勤していた担当教授の助手に、平謝りして紙の束を手渡す。

「知らせていただいて、本当にありがとうございました」

二時間後、咲莉は修正した形式のレポートをどうにか無事に出し終えた。

「間に合ってよかったわ。山中くんはレポートを落としたことがないから、教授もどうしたのかって気にかけていたみたいよ」と言いながら、助手の女性は笑って受け取ってくれた。

西洋中世史の研究室を出て、はーっと深く息を吐く。

「お疲れさま」

ドアの前で待っていた聖鷹が、労るように声をかけてくれた。

「いえ、すみません、こんなところまで付き合ってもらっちゃって」

聖鷹と話しながら、構内の通路を出口に向かって歩き始める。

夏休みのせいか、大学の中はどこも学生の姿が少ない。

ちらりと背後に視線を向けると、少し距離を置いたところにスーツ姿の男性が二人いる。いつも聖鷹の家を交代で警備してくれているセキュリティーサービスがついてきてくれたのだ。

咲莉は警護されることにまだ緊張してしまうけれど、聖鷹は慣れているからか平然として見える。

「そうだ、衣笠《きぬがさ》にお礼言っておかないと」

衣笠は再提出の件で連絡をくれた友達だ。咲莉はスマホを取り出すと、手早くメッセージを送った。後期の授業が始まったら、何かおごらせてもらわねばならない。

メッセージを送り終え、待っていてくれた聖鷹に礼を言って、再び歩き出す。

「大学の構内は見通しがいいし、街中を歩くよりも意外と安全かもね」

校舎を出て、辺りを見回しながら彼が言う。

ふと思い立ち、咲莉は駄目元で訊ねてみた。

「あの……ちょっとだけ図書館に寄らせてもらってもいいですか？」

事情が事情だけに、聖鷹の家に籠もっている間、執筆する上で必要な資料は我慢したり、電子書籍で購入したりしていた。だが、学生の身なので高価な本はそう気軽には買えない。その点、大学の図書館は必要な資料がほぼ揃っている。

「いいよ、行こう」と彼は快く応じてくれる。

しかし、大学内の図書館は、確か学生以外は入れなかったような気がする。そのことを伝えると「大丈夫。僕、系列の高校出身だから、校友会のカードを持ってるんだよね」と聖鷹は言う。咲莉は学生証がある。卒業生も、そのカードがあれば学園内の施設はほとんどが使えるそうだ。やはり聖鷹は現役の咲莉より詳しい。

鞠子に教えられて、彼の出身高を初めて知ったと言うと、聖鷹は「ごめん、隠してたわけじゃないんだけど、あまりいい思い出がなくて」と苦笑いを浮かべた。ふと、エリカから聞いた過去の事件のことを思い出し、聖鷹に同行してもらったことに申し訳なさが湧いた。

「まあ、図書館の一般利用は許可されてないはずだから、そうそう危険はないと思う」

ただ、やはり安全を期して、決して館内から一人では出ないようにと約束させられる。

聖鷹が図書館に寄ることをセキュリティーサービスにメッセージツールで連絡してから、二人は図書館のある棟に向かった。


エアコンがよく利いて快適な図書館の中は、休み期間であってもそれなりに混んでいた。しばらく吟味したのちに数冊選び、貸出手続きを済ませる。目当ての本を貸りて、咲莉はほくほくして聖鷹を捜した。

咲莉が資料の本を選んでいる間、聖鷹は吹き抜けになったソファスペースで本を読みながら待っていてくれたようだ。座って足を組み、視線をページに落としている彼を見つけると、咲莉は思わず足を止めてその様子を見つめた。

シャツとチノパンというごく普通の格好をしているにもかかわらず、まるで雑誌の撮影中のモデルみたいに決まって見える。

周囲の学生もちらちらと彼に目を向けている。

(聖鷹さん、かっこいいもんな……)

内心で納得しつつ、彼に近づこうとしたときだ。

「――もしかして、桜小路？」

咲莉より前に聖鷹のそばに立った人物が、彼に声をかけた。

顔を上げた聖鷹は、眼鏡をかけたその男を見て、すぐに答えた。

「佐田《さだ》か。久しぶりだな。そうか、今はここの准教授だったたな」

(同級生かな……？)

どうやら聖鷹の知り合いの准教授らしい。咲莉が取っている講義の担当ではないようで顔に覚えはない。

邪魔をしないよう、二人の話が終わるまで待とうと咲莉は決める。

「院まで海外だったよな？　いつ日本に帰ってきたんだ？　今は何を？」

「卒業後すぐだよ。今は自営業してる」

「へえ……それで、帰国後、北園《きたぞの》には会いに行ったのか？」

どこか刺々しい物言いに聞こえて、本棚を眺めていた咲莉は佐田に目を向ける。佐田は冷ややかな目で聖鷹を見下ろしている。

「いや。でも時々連絡は取ってるよ」

「まっさきに詫びに行くべきじゃないのか。あいつはお前のせいで人生が狂ったっていうのに」

（何……？）

そこまで聞いて、咲莉はハッとした。どうやら佐田の言う『北園』という人物は、以前エリカから聞いた、聖鷹と間違えられて誘拐されたという同級生のことではないか。

小声で言う佐田は、最初から明らかに喧嘩腰だった。周囲の者が何人か迷惑そうに席を立つ。

「あの誘拐事件のあと、ショックで同級生が何人も不登校になったんだ。被害者は北園だけじゃない、俺もだ。お前と同じクラスだったおかげで、人生の時間を無駄にしたよ。それなのに、お前ときたら、のうのうとまた登校してきて、そのあとは海外の院まで……恥ずかしくないのか？」

忌々しげな佐田の言葉を、聖鷹は顔色を変えずに聞いている。彼の態度が余計に苛立ったようで、佐田が言った。

「お前はいいよな、本当に恵まれてる。迷惑は周りの奴らばかりが被って、恥知らずに親の財産で楽して……」

黙っていられなくなり、咲莉はずんずんと歩いていくと佐田の前に立つ。

「あ、あなた、失礼すぎませんか？」

潜めた声で咲莉が訴えると、佐田がぎょっとしたように目を瞠る。

「なんだお前」

「あなたは、聖鷹さんがどんな人か、ちっとも理解してないです。酷いことばかり言って、美しくない言葉を使って、人にものを教える立場にあるっていうプライドはないんですか？　あなたこそ、恥を知るべきです！」

咲莉は震える声できっぱりと言い切る。

聖鷹が驚いたようにぽかんと咲莉を見上げている。顔を真っ赤にして佐田がわなわなと手を震わせ始めた。

「うちの学生だな？　名前は？　担当教授に報告するぞ!!」

佐田が大声を上げる。つい、憤りが限界を迎えて、とっさに割って入ってしまった咲莉はようやく我に返った。この准教授が裏から手を回して、処分されたらどうしようと今更ながら青くなる。

聖鷹がスッと立ち上がると、佐田と咲莉との間に割って入った。

「佐田、やめておいたほうがいい。もしもこの子に何か不利になるようなことでもしたら、今期の終わりを待たず、准教授の地位に一つ空きが出るぞ」

「お、脅しか!?」

「違うよ、本気だ。この学園にはうちの財団から例年、かなりの額を寄付し続けてる。だからか、学長にいろいろと有用な意見を求められるんだ」

それを聞いて、佐田は言葉を失ったようだ。

「ああそうだ、この間も、学長が来年定年予定の教授とうちの店に来て、『准教授の中から誰を次の教授にすべきか』って小一時間ほど話していったな。お前から、何か学長に伝えてほしいことある？」

さらりと言った聖鷹の言葉に、佐田は顔を憤怒に歪めた。口をパクパクさせて、聖鷹と咲莉を交互に睨んでいる。何か口の中で捨て台詞を吐きながら、身を翻してその場を去る。

ホッとしていると、顔を顰めた司書がやってきた。「会話をするなら外に出てくださ い」と小声で注意され、咲莉は聖鷹とともに謝罪すると慌てて図書館をあとにした。

図書館を出て、しばらく通路を歩く。不安で竦み上がっていた心臓がどきどきしている。

ふいに足を止めた聖鷹が、我慢できなくなったみたいに噴き出した。

「さっきの……咲莉くんの啖呵、カッコ良かった。『恥を知るべきです！』って」

目尻に浮かんだ涙を拭いながら、聖鷹はにっこりと笑い、「惚れ直しちゃったよ」と冗談ぽく言った。

自分が何を言ったのかを思い出して、咲莉は顔が真っ赤になるのを感じた。

「う、うちの祖母が、曲がったことが大嫌いで、よく聞いてた言葉が、つい出ちゃって……」

「そうか、お祖母様仕込みなんだね」

しみじみと言われ、ありがとう、と感謝されて、胸がいっぱいになる。

「俺が受けてる講義は皆穏やかな先生ばかりだから、あんな准教授がいるなんて知りませんでした」

「そうだね。あいつは理工学部で採用されたから、この構内にはいないはずなんだけど。もしかしたら、夏期講習とかで来てたのかも……ごめん、嫌な思いさせちゃって」

咲莉はぶるぶると頭を横に振る。

そのとき、「山中！」と声をかけられて驚く。振り返ると、近づいてきたのは、先ほどメッセージを送った同期の衣笠だった。

「あれ、衣笠！　来てたんだ」

「うん、集中できるから、自習室で勉強してた。今、ちょうど図書館から出てくるとこが見えたから。レポート間に合ってよかったな」

衣笠は大学の最初の講義で隣の席に座って話すようになった、学内では唯一と言ってもいい咲莉の友達だ。彼は登山サークルにも入っていて、咲莉とは異なり、たくさん友達がいる。

衣笠が誰？という顔でちらりと聖鷹を見たので、慌てて紹介する。

「聖鷹さん、同期の衣笠です。衣笠、こちらはバイト先の店長さんで、桜小路さん」

「ああ、喫茶店の」

「はじめまして」と聖鷹は笑顔で挨拶をしてくれて、二人は頭を下げ合う。

「びっくりした。店長さんやべえ、マジでめちゃめちゃイケメンじゃん。女子たち連れていったら大変なことになるぞ」

衣笠が咲莉に身を寄せて、ぼそぼそと言う。「連れていかないよ」と咲莉は笑ったが、確かにクイーン・ジェーンが同期の女子たちに見つかったら、聖鷹の隠し撮りが拡散されて店が大繁盛してしまうかもしれない。

「今は事情があって休業中なので。また再開したときには、咲莉くんと仲良くしてるお友達なら歓迎しますよ」

やんわりと聖鷹は『衣笠だけなら来ても構わない』と伝えている。

今度ぜったい行きます、と衣笠は言い、咲莉に「バイトがないならたまには遊ぼうぜ」と声をかけてくる。ふらふらと出歩けない状況の咲莉は少々困ったが、「ごめん、実は他のバイトもあって」と苦肉の策で誤魔化す。そうか、と残念そうな衣笠に付き合いの悪さを謝り、今度必ずおごると約束する。また後期の授業でと手を振って別れた。

「衣笠くんとは仲良くしているんだね」

どこか複雑そうな聖鷹の言葉に、咲莉は「そうですね」と頷く。

「でも、衣笠には俺より親しい友達がいっぱいいますし」

彼は爽やかな顔立ちをしていて優しい性格なので付き合いやすい。

だが、咲莉はこれまでずっとバイト三昧だったので、大学以外の場所で会ったことはない。今回誘ってくれたのも、あまりに友達が少ない自分を気遣ってくれただけだと思う。

そう言うと、聖鷹はそうか、と頷いている。何か考え込むような顔をしているので、どうしたのだろうと思っていると、彼がこちらを見た。

「あのさ。身の安全が確保できるようになったらだけど、店を開ける前に、どこか出かけない？」

「聖鷹さんと、俺で、ですか？」

「うん。咲莉くんが興味あるところならどこでもいいよ」

――聖鷹と二人で出かける。

予想外の誘いが脳に到達すると、にわかに咲莉の頭の中は騒がしくなった。

きっと、これも衣笠と同じような気遣いだろうと思ったが、聖鷹の誘いは嬉しすぎて胸が震えた。彼と一緒なら、どこに行くのだってきっと楽しいはずだ。一生の思い出にしようと決意しながら、こくこくと何度も頷いて、「い、行きたいです！」と咲莉は声を絞り出す。

「あ、ミエルが待ってるから、早めに帰れる場所がいいかも」

「そうだね、まあ自動給餌器もあるんだけど、ミエルの夕飯までには帰ろうか」と、聖鷹は笑う。行きたいところ考えておいてねと託された。

話しながら、二人は図書館のある棟を出て校門に向かう。

そこでふと彼が足を止め、建物の裏手のほうを指さした。

「よければ、もうちょっとだけ寄り道していかない？」と言われて、異論もなく、咲莉は彼の行くほうについていく。

しばらく歩くと、広大なグラウンドの更に向こうに木が立ち並んでいるのが見えた。ささやかな林の向こう側に、大きく開けた場所がある。短く刈られた芝生が青々と広がり、ずっと奥のほうには池や畑のようなものが見える。

美しい庭園には、人工の小川が流れていて、そばには座れるような石や木製のベンチが据えられている。何本か植えられた大きな木が濃い木陰を作る中、一人二人、学生が転って昼寝をしたり、本を読んだりして思い思いに過ごしているのが見えた。

二年に上がってからは、この校舎に毎日通っていたのに、少し裏に入っただけでこんな場所があったとは知らずにいた。

「よかった、まだあった。ここ、元々は隣の系列高校の庭園だったんだけど、僕が卒業したあとで大学の研究庭園になったって聞いてたんだよね。あ、さっきの佐田は超インドアだから、こういうところにはぜったい来ないと思う。それに、ここなら隠れるところがないから、襲撃の心配もないし」

聖鷹が安心させるように言う。

彼は、遠くについてきているセキュリティーサービスに頷いてみせてから、人のいない木陰に腰を下ろす。確かに、銃ででも狙わない限り、誰か襲ってきたらすぐにわかりそうだ。咲莉も安心して彼のすぐそばに座った。

気温は高いけれど、緑の匂いと吹き抜けるそよ風が心地いい。しばらく籠もりきりの日々を送っていたせいか、自然の心地よさに癒やされる。しばしぼうっとしていると、聖鷹が口を開いた。

「鞠子さんに、狙われる心当たりを訊いたんだって？」

はい、と咲莉は答えた。

「すみません、何が理由なのか気になって」

「いや、気になるのが当然だ。『咲莉くんが不安に思ってるから、安心させてあげて』って言われたよ」

聖鷹は謝らないで、と言い、やや困惑したように続けた。

「父が亡くなったときの遺産相続は、本当に面倒だったみたいだ。あのとき、僕はまだ子供だったから疑われずにすんだけど、母や姉は何度も事情聴取されたらしいし。とはいえ、遺言状でほとんどの財産が僕にと指定されていたおかげで、疑いはすぐに晴れたみたいだけど」

　彼は当時のことを思い出すみたいに話す。

「でも……僕たち親子がいなくなって金銭面で得をする者じゃなくても、さっきの佐田みたいに、純粋な憎悪をぶつけてくる奴もいる。何人か本当に行動に出そうな人間を思いついても、まだ誰が、どういう狙いなのかっていう確信が持てないんだ」

　彼が咲莉から視線を外し、遠くに目を向けた。

「……さっき、佐田が言ってた話、鞠子さんから聞いた？」

「エリカさんに教えてもらいました」

　おそるおそる言うと、あいつ、と彼はぼやく。

「僕と間違えられて誘拐された北園とは、今もやりとりがあるんだ。北園本人もご両親も、僕も被害者の一人だと言って、一度も責めずにいてくれた。しばらく学校には来られなかったけど、時間をかけて元気になってくれて、本当によかったと思ってる……ただ、それと同時に、佐田が僕を嫌悪するのも無理はないことだ。だって、僕が同じクラスにいなかったら、北園も、佐田も、怖い思いをすることはなかったんだから」

　聖鷹が淡々と言う。

「……金が必要以上にあるなんて、本当にろくなことがないよ。周りの人まで危険に巻き込むし、懐具合を知られると、金目当ての奴しか集まってこないしね。全部清算して寄付してしまおうかと思ったこともあるんだけど、処分するのが難しい資産があったり、働いてくれている人たちの首を切るのも心苦しくてね。遺産を欲しがる奴らに説明しても納得してくれないし、厄介な話だよ」

咲莉には縁遠い状況だけれど、確かに、多すぎる財産は災いを招くものなのかもしれない。

「そういう、いろんな揉め事が面倒になって、海外の大学に進んだんだけど、博士課程を修了したあと、向こうで就職しようと思ってたら、実家で飼ってた犬が亡くなってね。鞠子さんが憔悴して、『どうしても帰ってきて、こっちで暮らしてほしい』って言うから、やむを得ず帰国したんだ。でも、戻ってみたら、新しい仔犬を二匹迎えてすっかり元気になっててさ。よかったけど、脱力したよね」

ぼやきながら、聖鷹は苦笑している。現金なたちの鞠子の言葉や行動が目に見えるようで、咲莉もつい笑ってしまった。

「……もしかして、海外に戻りたいですか？」

「そうだね。でも、鞠子さんにまた泣かれるかもしれないから、しばらくは日本にいるつもりだよ。店を始めて、ミエルや咲莉くんに会えてよかったけど、向こうなら自分で明かさない限り、桜小路の家のことなんて知っている人はいないし。さっきみたいに、日本で僕は皆に恨まれたり嫌われたりしているし。他の誰かをこんなふうに巻き込むこともない海外にいるほうがいいのかも」

何げないふうで言い、聖鷹がごろりと芝生の上で仰向けになる。

先ほどの佐田の、いったいどんな恨みがと思うほどの過剰な反応を思い出す。聖鷹が他の国にいるほうが楽だという気持ちも痛いくらいにわかった。

「聖鷹さんを嫌う人がいるなんて、信じられないです」

寝転がったまま、聖鷹がかすかに目を瞠る。

「そう？　そんなこと言われたの初めてなんだけど」

「えっ、本当ですか？　だって聖鷹さんは誰にでも優しいし、頭もいいし、珈琲淹れるのは抜群に上手で、スコーンは世界一美味しく作れるし、それに、見たこともないくらいかっこいいし……」

むしろ、嫌おうにも、悪いところが一つも思い浮かばない。

「それに、周りの人はみんな、聖鷹さんのこと好きだと思いますよ。有馬さんとかエリカさんもだし、店のお客さんたちだって、美味しい珈琲を飲むためだけじゃなくて、聖鷹さんと話したくて来る人もたくさんいるはずです」

彼が身を起こす。ふと気づくと、口元を押さえた聖鷹が真剣な顔になっている。

（なんか俺、おかしなこと言っちゃった……？）

咲莉がおろおろしていると、ふいに彼がじっと咲莉を見た。

「それって……咲莉くんも？」

一瞬、質問の意味がわからず、すぐに気づいて慌てて言う。

「もちろん、俺もです！　万が一、聖鷹さんのこと嫌いな人がいたとしても、俺がその分も補えるくらいに大好きですから!!」

力強く言うと、聖鷹がなぜかうつむいて両手で顔を覆ってしまう。

彼はきっと、咲莉の告白を恋愛的な意味では受け止めてくれない。だからこそ、全力で本音を伝えられた。

少し待っても、聖鷹は顔を上げない。だんだん暑くなってきたから、体調が優れないのかもしれない。熱中症の可能性を危惧して、咲莉は慌てて彼の顔をぱたぱたと手であおぎながら、「俺、水買ってきましょうか？」と訊ねる。

「ううん、大丈夫だよ。でも、ありがとう」

ようやくあらわになった彼の頬は、少しだけ赤くなっている。

「はー、頭が沸騰しそうになった。あれこれ悩んでいたことが、今ので全部吹っ飛んじゃったよ」

聖鷹はなぜか清々しい表情になって言う。ふと咲莉を見て小さく笑った。

「咲莉くんといると、なんだか明るい気持ちになるね。もしかしたら、僕にも何か、これからいいことがあるかもしれないって前向きになれるよ」

褒められて照れくささもあったが、嬉しかった。よかったです、と言って、咲莉も笑顔になる。

なんと言っていいのかわからなかったが、彼が元気を取り戻してくれたことが、何より咲莉を幸せな気持ちにさせた。

しばらくすると、ふいに真面目な顔になって、聖鷹は口を開いた。

「……実は、咲莉くんに謝らなきゃいけないことが一つあるんだ」

「えっ、なんですか？」

「誘拐の話とか、今回の襲撃もそうなんだけど……本当に僕といると、あまりいいことがない。だから、これまでは店は一人でやると決めてた。皆川にも僕がいる時間には家に来ないようにと頼んでた。拾ったミエルについては、悩んだけど、家に連れて帰るよりはまだ安全だろうと、店で飼うことに決めたんだ。それなりに対策もしてるけど、最悪の場合、また誰かを巻き込む可能性があるから」

彼の悲壮な決意を聞いて、咲莉は胸が痛くなった。

「そう思ってたのに……僕は、咲莉くんをバイトに雇うと決めた。自分がいない時間なら、店にいてもおそらく被害はないだろうと思って、空き部屋も提供した。なぜそうしたかというと……つまり」

聖鷹は、言葉を選ぶように視線を彷徨わせる。ふと、彼の言いたいことがわかった気がした。

「俺なら……両親がいないから」

そう言うと、聖鷹が強張った顔でうん、と頷いた。

万が一、聖鷹の巻き添えで不幸な目に遭ったとき、悲しむ人が祖母しかいないから——だから、人と距離を置いてきた彼が、咲莉を店で雇ってくれた。

「でも、すぐにやっぱりそんなことといけないと思った。少しでも危険があるなら、そばにいてもらうべきじゃない。他のバイトを紹介して、部屋も別のところに移ってもらわなきゃと思い直したんだ。でも、君はあっという間に店にも僕にも馴染んで、メニューもすぐに覚えてくれて、常連客からも人気者になっちゃって……」

困り切った顔で、ごめん、と言って頭を下げられたけれど、少しも怒りは湧かなかった。

衝動的に手を伸ばして、項垂れている彼の頭を撫でる。聖鷹が小さくびくりと肩を振わせた。

子供の頃に焼死した父と親族たちに、莫大な遺産相続の揉め事、そして誘拐事件。

少し話を聞いただけでも、想像を絶する出来事ばかりだ。彼はきっと、もっとたくさん咲莉の知らないつらい出来事を呑み込んできたのではないかと思った。

「あの、俺、全然怒ってないですよ？」

よほど罪悪感を覚えているのか、今の聖鷹は、まるで血統書付きの美しい犬が雨に打たれてしょんぼりしているかのようだ。どうにも可哀想になって、またよしよしと頭を撫でた。彼はされるがままになっている。

「そういう理由で、誰も雇わなかった聖鷹さんの店にバイトとして入れてもらえたんなら、ラッキーだったなーって思ったくらいです」

正直に思ったことを伝えると、彼が驚いた顔をして頭を起こす。

「それに、もし聖鷹さんがアパートの家賃の支払いを待ってくれなかったら、俺はもう大学続けられてないですし……のんきに空き時間に趣味を楽しんだりとかも無理で……感謝しこそすれ、謝ってもらうようなことじゃないと思います」

「君は……」

聖鷹が言葉を呑み込む。咲莉は微笑んで言った。

「聖鷹さんは、優しすぎますよ。鞠子さんが泣いて頼んだら、海外の就職を諦めて帰国したり、ただのバイトの俺を家に連れ帰って、あらゆる手段で守ろうとしてくれたり。『捜し物』依頼のお客さんにも、一件ずつ親身になって対応してるし……あんまりいい人すぎるから、騙されたりしないか、俺はちょっと心配になります」

そんな彼が、周りと一線を引いた付き合いを保つことに疲れて、身寄りの少ない咲莉をそばに置きたいと思ってくれたなら、それでいいと思った。

彼は人恋しさを少し埋めることができて、咲莉は人生の危機を救われたのだから。

「まさか、そんな答えが返ってくるとは思わなかった」

場合によっては、もう一緒にいたくないって言われることも覚悟していたのに、と彼は言う。

「もちろん、まだ死にたくはないし、祖母を悲しませたくはないですけど……でも、俺、けっこう運がいいから、そう簡単にはやられません！　だから、安心してそばに置いておいてください」

咲莉はにっこりして胸を叩く。聖鷹はまじまじと咲莉を見ると、感動したみたいにうん、と頷いた。

「でも、本当にごめん」

もう一度改めて謝ると、聖鷹は咲莉に手を伸ばしてきた。大きな手が頬に触れる。

「咲莉くんがバイトに入ってくれるようになってから……僕がどんな気持ちでいたか、わかる？」

「いえ……」

咲莉が戸惑いながら首を横に振ると、彼は小さく笑って言った。

「咲莉くんが来ると、店に光が差したみたいだった。君はびっくりするくらい働き者で、何もかも僕より先に気づいて、てきぱきと何度も店内を往復して……注文を教えてくれる明るい声とか、いちいちにっこりしてくれる笑顔とか、少し失敗しただけですごく落ち込んでしょげるところとか、もう可愛くて可愛くて……いったいどうしたらいいかわからないくらい、毎日気持ちをかき乱されてた。これまで、どうやって一人で店をやってたのかなと思うくらい、咲莉くんと一緒に働くのは楽しかったよ。毎日、もうやめなくちゃ、明日には遠ざけなくちゃと思いながらも、いつの間にか、どうしても君を手放せなくなってたんだ」

まるで、熱烈な告白でもするかのような聖鷹の言葉に、咲莉は衝撃を受けた。

情熱を秘めた彼の目が咲莉を射貫いている。

焼かれそうな視線に晒され、無意識のうちにぶるっと身震いした。

「これまではね、正直言って、そんなに殺したいなら、僕だけなら殺されてやってもいいかなあ、なんて思ってたんだけど……」

「だ、だめですよ！」

「うん。咲莉くんと会ってから、考えが変わったんだ。だから、君は僕の救世主だ」

スッと顔が寄せられたかと思うと、頬に何か柔らかいものが触れた。それが彼の唇だと気づいて、咲莉は息を呑む。

(こ、ここ、大学の、敷地内――――!!)

あり得ない場所で頬にキスをされて、動揺のあまり、一気に頬が熱くなる。慌てて周りを見回すと、いつの間にか、ぽつぽついた学生たちの姿は皆消えて、広大な庭園には二人だけになっていた。

校舎のほうのベンチにセキュリティーサービスの二人が控えているのが見えるが、安全な場所だから聖鷹が指示したのか、かなり遠い。何をしているのかまではわからないかもしれない、とわかってようやくホッとした。

「さ、暗くなる前に帰ろうか」と言って、彼が立ち上がる。

両手を差し出されて、ありがたく掴むと咲莉も立ち上がった。

「あ、あの……聖鷹さん？」

咲莉が立ち上がっても、彼はしっかりと両手を握ったままだ。

「……あのとき、咲莉くんを雇って本当によかった」

しみじみとした様子で言われて、じわじわと嬉しい気持ちが湧いてくる。

「また店を開けたら、頑張って働きますね」

笑顔で言うと、彼も微笑んで、うんと頷いてくれる。

名残惜しそうに手が離れ、校門のほうへと歩き出す。また少し、聖鷹と心の距離が近くなったような気がして、たまらないほど満たされた気分になる。

これで犯人さえ見つかれば、店を再開できるはずだ。咲莉は捜査の進展があるようにとひたすら願っていた。

それからというもの、聖鷹の様子は明らかに変化した。

何か吹っ切れたかのようにすっきりした顔をしている。『もう大丈夫だから』と礼を言われ、夜に咲莉が添い寝をする必要もなくなった。安心したような、少々寂しいような気持ちにもなったが、いいこともあった。

これまで声をかけるのを悩んでいたというのは本当だったようで、彼は昼間も積極的に咲莉との時間を作ってくれるようになったからだ。

それぞれの部屋にいるときも、お茶の時間になると、スマホにメッセージが飛んでくる。『スコーンが焼き上がったから、出ておいでよ』『珈琲淹れるけど飲まない？』『ミエルが咲莉くんに遊んでほしいみたい』など、あれこれと言葉を変えて誘われるのが、ここのところは日課になりつつある。

咲莉がリビングルームに行くと、眩しいほどの笑みを浮かべた彼がテーブルにカトラリーを並べている。その足元で甘えていたミエルが、嬉々として迎えに来てくれる。

人間用には、まだ温かい彼お手製のスコーンと、とっておきのスペシャリティーコーヒーで淹れたカフェオレ。そしてミエルには猫用のおやつで、揃ってコーヒータイムだ。

カフェオレの香りを嗅ぎ、一口飲んで、おや、と思う。

聖鷹が「あ、気がついた？」と嬉しそうに言う。

「店で出すカフェオレはコロンビア産の豆を使ってるんだけど、業者からマンデリンのいいのが届いたから、今日はそっちにしてみたんだ。咲莉くんに飲んでもらいたいなと思って、カフェオレ用に深煎りにしてみたんだけど」

もう一口飲む。いつものカフェオレも美味しいが、今日のものは特に濃厚な味わいだ。

「美味しいです。なんていうか、好きな味。コクがあって、スコーンとすごく合いそう」

「そうそう、濃い目だから、甘いものと合うよね」

彼がそう言って、自分のカップに口をつける。

咲莉は「いただきます」と言うと、スコーンを半分に割り、自家製のクロテッドクリームをたっぷり塗ってかぶりつく。

鼻の奥にふわっといい香りが抜ける。大好物のスコーンは程よい甘さで、幸せな気持ちになった。堪能していると、にこにこしながら聖鷹も自分の分を食べ始める。

リラックスしている様子の彼を見ると、咲莉も嬉しくなった。

(いったい、誰が聖鷹さんたちを殺そうとなんてするんだろう……)

外に出られない分も、日々趣味の執筆を進めつつ、咲莉は聖鷹たちの命を狙う人間はいったい誰なのかとずっと考えていた。

だが、さっぱりわからない。考えてみると、咲莉は人を殺してまで何かを手に入れたいなどと思ったことがなかった。犯人の心の中が理解できず、想像しているだけでも疲弊してしまう。

小説の中で悪人を描くことはもちろんあるけれど、実際の犯罪者の心をトレースすることとはまったく違う。刑事や探偵は大変な職業だなとしみじみと思った。

勝手に推理のまね事をしているせいか、聖鷹とミエルとのゆったりとした時間に、いっそう心を癒やされる。

しばらくもぐもぐしてから、咲莉は「今日の焼き加減も最高です！」と褒め称えた。

よかった、と彼が嬉しそうに笑う。

「皆川が買い出ししてくれたし、ネットスーパーで頼んでおいた食材もたくさん届いたから、今日は僕が夕飯を作るよ。何がいいかな」と聖鷹がメニューをいくつか挙げる。

「触ってもいい？」と訊かれて頷くと、自然な感じで彼に手を握られて、咲莉はどぎまぎした。

咲莉がリビングルームにいるときは、だいたいミエルもそばにいて、聖鷹との間に座っていることが多い。しかし聖鷹は、可愛くてふわふわの白猫を撫でている時間よりも、なぜか柔らかくもない咲莉の手を握っている時間のほうが多いのだ。

皆川がいても、聖鷹は気にしない。皆川も見て見ぬふりをしてくれているようだ。当然、咲莉のほうは気になって仕方がないのだが。

そして、今日はその皆川がいない日だ。

「カフェオレとスコーンのお代わりは？」

「も、もうお腹いっぱいです、ごちそうさまでした」

スコーンを二個食べ、カフェオレもお代わりして満腹だが、聖鷹はなぜか残念そうだ。

「咲莉くんが食べてるところ本当に美味しそうだから、いつまでも見ていたくなるんだよ。ね、ミエル」

同意を求められたミエルが、ウナンと啼く。白猫は自分のおやつを食べ終わり、ご機嫌で毛繕いを始めた。

聖鷹はテレビを見ないようで、家にいるときは特に音楽も流さない。午後の日差しが柔らかく差し込む室内は、ここが都会に立つビルの一角だということを忘れそうなほどに静かだ。

そんな中で、テーブルに肘を突いた聖鷹は、反対の手で咲莉の手を握ったままだ。じっと咲莉の顔を見つめていた彼が、ふと気づいたように、「スコーンの粉がついてるよ」と言う。どこだろうと慌てる咲莉の唇を、ここだよ、とそっと指でなぞられる。その瞬間、ぞくっとえも言われぬ電流のような疼きが背中を駆け上がった。

しどろもどろに礼を言いながら、咲莉は顔が真っ赤になるのを感じる。

「隣に行ってもいい？」と訊ねられて、こくこくと頷く。

六人掛けのテーブルで、向かい側に座っていた彼が、咲莉の隣に移動してくる。

聖鷹はごめんよ、言ってミエルを抱き上げ、ミエルがいた席に腰を下ろす。彼の膝の上に乗せられた白猫はされるがままだ。

距離が近くなって、じっと見られると、動揺のあまり咲莉は心臓が破裂しそうになった。それも仕方ない。聖鷹は、何げない雑談をしつつも、咲莉の髪に手を伸ばして撫でたり、手を握って愛しげに指を絡めたりするからだ。

咲莉は聖鷹に触れられるたびに体中の血が沸騰しそうなほどどきどきした。それと同時に、戸惑いもある。嬉しいけれど、この状況をどう受け止めていいかがわからず混乱してしまう。

恋している相手からこんな対応をされて、平静を保てるわけがない。

大学に一緒に行ってくれた日から、聖鷹は明らかに咲莉への態度を変えている。どうせ伝わらないと諦めて『大好き』だと告げた大学の庭園での告白を、もしや受け取めてくれたということなのだろうか？

だが、なぜか彼はぜったいに咲莉の唇にはキスをしようとしない。

特別な触れ方をしても、決してそれ以上のことをしてはこないのだ。

（……こんなふうに触れるってことは、俺の気持ちは、伝わったんだよね……？）

咲莉はつい聖鷹を問うような視線で見つめてしまう。

ふと目が合うと、彼が困ったように口の端を上げた。

「……そんな目で見られると、ちょっと、理性が焼き切れそうになる」

そう言われて、咲莉はハッとして我に返る。自分がいったいどんな目をして彼を見ていたのかと、にわかに恥ずかしくなった。

聖鷹は握っている咲莉の手を、大事なものに触れるみたいにそっと撫でた。

「咲莉くんが何を言いたいのか、わかってると思う。でも、もう少しだけ、待っててくれる？」

「も、もう少しって……？」

真犯人が見つかるまで、ということだろうか。

思わず焦って訊ねた咲莉に小さく笑い、聖鷹が頭に手を伸ばしてきた。彼は咲莉の髪を撫で、それから頬に触れながら「来月」と言う。

「いろいろ悩んだけど、もう覚悟は決めた。ただ……咲莉くんは、今まだ十九歳だよね。僕とは年の差もけっこうあるし、まだ学生で十代の子に手を出すのは、正直、気が引けるから」

（あ……つまり、俺の誕生日まで……⁉）

来月、咲莉は二十歳の誕生日を迎える。そうしたら、彼との年の差は九歳になる。どうやら聖鷹は、それまでは咲莉に手を出さないつもりでいるようだ。

「その日に、改めてきちんと言わせて？　こんな状況で、ストレスも溜まってる上に、余計不安にさせてごめん。でも、無責任なことはしたくない。ちゃんと今後のことも考えてるから」

聖鷹の考えは予想外なものだった。咲莉はすでに成人した大学生だ。今どきは高校生どころか、中学生でも交際相手がいたりする。それなのに、まだ十代であることで手出しを躊躇うという、あまりにも誠実すぎる彼の考えに驚く。だが同時に、彼らしい気もして、なんだか納得した。

明確な言葉にしてはいなくとも、聖鷹も咲莉を特別に想ってくれているとわかる。嬉しさと焦れったさがない交ぜになって、腹の奥がむずむずするようなもどかしさが湧いた。

「だからその間に、咲莉くんも、僕への答えを考えておいてくれる？」

優しく言われて、わかりました、と大人しく頷く。

珈琲の礼に片付けをすると申し出て、トレーに載せると、咲莉はキッチンに向かった。

カップ類を洗い終えたところで、膝の上にいたミエルが下りたのか、聖鷹がやってくる。

「——何か嫌だった？」

突然訊かれて、咲莉は彼を見上げた。聖鷹は困り顔だ。

「考えてみたけど、どうして咲莉くんがいきなりしょんぼりしちゃったのかわからなかった。言いたいことがあったら、遠慮せずになんでも言って。咲莉くんの気持ちが知りたい」

やんわりと促されて、咲莉は正直な気持ちを伝えた。

「俺……一か月早く生まれたかったなって思って」

「え？　なんで？」

「だって……それだったら、今すぐ、聖鷹さんの恋人にしてもらえたんですよね？」

顔を上げると、驚いた顔になった聖鷹と目が合う。

びっくりされて、恥ずかしさでうつむく。

子供のような我が儘を言ってしまった。

たった一か月。されど一か月だ。しかも、万全の警護態勢に守られているとはいえ、まだこれから、何が起こるかわからない。

一か月後が長すぎて、今の自分には永遠のように思えた。

「す、すみません、俺……ちゃんと、来月まで待つつもりですから」

謝ろうとした咲莉の背中に腕が回ってきて、強く抱き寄せられた。

聖鷹のシャツ越しの胸元に顔が押しつけられて、ぎゅうぎゅうに頭を抱き締められる。

「はあ……もう咲莉くんは可愛すぎるよ。僕の我慢も限界だ」

ため息交じりに言いながら、聖鷹が咲莉の髪に何度も口付ける。

くしゃくしゃになるまで髪をかき混ぜられてから、両頬を大きな手で包み込まれた。

間近にある、彼の美しいかたちをしたブラウンの瞳は、かすかに潤んでいる。目元が少し赤くなっていて、聖鷹も冷静ではないとわかる。

「……咲莉くんは、僕と恋人になりたいの？」

訊ねられて、正直にこくりと頷く。

一瞬、喉が詰まったような声を出した聖鷹が、「僕もだよ」と告げる。彼が顔を寄せてきて、咲莉のこめかみに、頬に、鼻先にと口付けていく。されるがままになりながら、咲莉は理性の塊みたいに大人な聖鷹がもどかしかった。本音を言えば、今すぐに唇にキスしてとねだりたい。

彼は苦しげな息を吐きながら言う。

「……むしろ、僕のほうがずっと、君を自分のものにしたくてたまらないんだ。あんなこと言っておいて、来月まで待てなかったらごめん」

咲莉の目を覗き込んで、囁いた。

「……誕生日が来たら、キスだけじゃ終わらせてあげられないから」

「え……」

真剣な目で告げられた思わぬ言葉に、咲莉の心臓がぎゅっとなった。顔が熱くなり、どこを見ていいのかわからなくなる。

狼狽えた視線が、すぐ近くにある聖鷹の唇にとどまる。

真っ赤になっているであろう顔で、もじもじしていると「可愛い」という呟きが聞こえて、唇のすぐそばに口付けられた。

「ん……っ」

触れてほしいと願う咲莉の唇に熱っぽい吐息がかかり、ぞくぞくと肌が粟立つのを感じた。

最後にもう一度顔を寄せてきて、額に優しくキスをされる。

今までの人生で一番、誕生日が待ち遠しく思えた。

「あら、なんだかあなたたち、仲良くなってなあい？」

エリカの指摘に、聖鷹が淹れてくれた三人分の珈琲を運んできた咲莉はぎくりとする。

「それを飲んだら帰ってくれる？」と、スコーンの皿を手に、口元だけ笑みを浮かべた聖鷹は冷ややかな様子だ。

＊

『来月』という特別な約束を聖鷹と交わしたのは、まだ数日前のことだ。

いったいどのあたりで気づいたのか、エリカの勘のよさに脱帽するばかりだ。

今更ながら、有馬から襲撃事件について知らされたらしく、今度は咲莉の見舞いと言ってまたエリカは聖鷹の家にやってきた。今日もTシャツにハーフパンツという男の格好で、髪を軽く結んでいる。普段着でもモデルのようにかっこいい。貴公子然とした聖鷹と並ぶと対照的な二人は、相乗効果か眩しいほどに眼福だ。

そのエリカは「どうしてあたしには教えてくれないのよ!?　水くさいじゃない」、とぷりぷりしていて、咲莉は平謝りだ。

鞠子と咲莉が被害者となった襲撃事件について、ひとしきり説明させてから、エリカはため息を吐いた。

「しかし、キヨも周りの人たちも、たびたび大変な目に遭うわねえ。お父様の火事の件も、まだ何か有馬に頼んでるんでしょう？　新しい情報とかあるの？」

　膝の上にいるミエルに粉を落とさないように気をつけながら、スコーンを食べようとしていた咲莉は、思わず聖鷹を見る。それは初耳だった。

　彼は苦い顔でエリカを軽く睨んでから、咲莉に目を向けた。

「父と親族たちは、なんらかの理由で殺されたんじゃないか、と僕は思ってる」

「じゃあ、殺人事件、ってことですか……？」

「その疑いが完全には拭えないってことだね」

　咲莉の問いかけに、聖鷹は憂いのある表情で言う。

「当時の状況を調べていくと、明らかに裏金が動いている子会社が二つあった。その件で、あの場にいた父を除く六人の中に、あの日、経営から外されるか、一族から追い出される処分を言い渡された人間がいたんじゃないかと思うんだ。おそらく犯人は、決定権を持つ父を、他の者を巻き添えにしてまで始末したんじゃないかって。だから、引退した経理の人間を捜し出して、当時の状況を有馬に調べてもらってるところなんだ」

（聖鷹さんのお父さんは、始末された……？）

「犯人、見つかるといいわね」

　珈琲を飲み、エリカが神妙な顔で言う。

「ああ」とだけ言って聖鷹は頷いた。

協力してくれる有馬は父親も警視庁の幹部で、子供の頃から警察官を目指していたそうだ。そんな頃、聖鷹の父を含めた一族の男が亡くなり、聖鷹を狙って別の子供が攫われる誘拐事件までもが起きた。小学生だった有馬は憤慨し『自分は大人になったら刑事になるから、犯人を見つけてやっつけよう』と聖鷹に言ってくれたそうだ。そして、本当に今、宣言通りの道を歩き、聖鷹の力になろうとしてくれている。聖鷹にとっても警察内部に有馬がいてくれることはかなり心強いだろう。

「それで、ひらりちゃんたちの事件の進展は？」

話題に飢えているのか、エリカが身を乗り出して訊く。

「実行犯は見つかったけど、依頼主まではまだ行き着いていない」

興味深げに訊くエリカに聖鷹は答える。

「あなた、犯人もうわかってるんじゃないの？」

ストレートすぎる突っ込みに、咲莉は目を白黒させてしまう。

聖鷹は言葉を選ぶように口を開く。

「確証はないけど、僕や母を狙う心当たりなら、三人いる」

予想外のことに咲莉は驚いた。

真犯人の目当てが三人に絞られているなら、あとは有馬にアリバイなどを調べてもらって、絞り込めるのではないか。しかし、ことはそう簡単ではないらしかった。

聖鷹の心当たりの一人は、母方の伯父が再婚した妻――つまり、母である鞠子の兄嫁だ。最初の妻に先立たれた伯父は大人しい性格だが、二番目の妻は派手好きで金遣いが荒いたちだという。

二人目は、現在は行方がわからない、聖鷹の祖父の非嫡出子らしい。母親は水商売の女性で、裁判の末に認知はされたものの、祖父の葬儀のあとは連絡がつかなくなっている。祖父の遺産の取り分についてかなり不満を持ち、聖鷹の父に殺害予告じみた言葉を吐いていたという話なので、その妻子である聖鷹たちを恨んでいる可能性はないとは言えないようだ。

そして、三人目は――「ちょっと、名前は言いたくない。相続権はあるけど、咲莉くんも知ってる人だから、心当たりから外せればいいなと思ってる」とだけ言い、彼は名を明かさなかった。

(でも……俺が知っている聖鷹さんの身内って、二人しかいない……)

咲莉が会ったことのある人といえば、鞠子と――それから美沙子だけなのだ。

「え、でもお姉様は？　お母様とキヨに万一のことがあったら、全部もらうのってお姉様の絢美さんでしょう？」

エリカは不思議そうに首をかしげている。どうやら彼は美沙子の存在を知らないようだ。

「姉さんは、遺産の件で最初は怒ってたし、絶縁宣言されたりもしたけど、今はもう普通に付き合ってるよ。旦那さんもいい人で、向こうの家とうまく親戚付き合いもしてるみたいだし、今更財産のために襲撃を考えたりはしないいんじゃないかな」

ふーん、とエリカは少々つまらなそうだ。聖鷹の実姉が犯人候補として挙げられなかったことに、咲莉はホッとした。

「鞠子さんの兄の妻は、そもそも鞠子さんの遺産を受け取れる立場にはない。でも、それを説明しても理解せず、遺言状の相続人に書いてほしいと言って、いきなり鎌倉の家に押しかけてきたりするそうだ。先々は、鞠子さんとは血が繋がっていない彼女の子に、別荘や会社の権利をもらえないかと頼んできたりして、鞠子さんもほとほと困っているみたいだ」

聖鷹の説明にエリカが「ああー、いるわね、そういう人！」と納得の声を上げる。

「うーん、相続の権利がないって説明しても伝わらないってことは、焦れて実行に出るかもしれないわ」

鞠子は二人兄妹らしい。順番として、もしも聖鷹とその姉を手にかけ、その後に鞠子を亡き者にすることができれば、確かに多くの遺産が兄夫婦の元に転がり込むことになる。とはいえ、三人も殺害して逃げおおせる確率は相当に低い。

咲莉も、聖鷹から教えてもらった親類関係の情報をもとに、あれこれと素人推理をしてみた。

考えれば考えるほど、二人とも、もしくはどちらかがいなくなることで、正式に遺産を手に入れられる者は限られている。

中でも、聖鷹が消えて得をするのは——鞠子か美沙子か絢美という、三人の女性たちだ。とはいえ、実母の上、暴漢に襲われた当事者である鞠子のはずがないし、美沙子は聖鷹に頼み事をするくらい信頼を置いていて、金銭面でも世話になっているようだ。まさか、恩義がある腹違いの弟の命を狙うはずはないだろう。絢美は聖鷹自身が除外している。

では、二人目の心当たりである祖父の非嫡出子はといえば、居所も職場も不明で、最後に桜小路家を訪れてから何十年も経っているため、現在の容姿すらわからないという。だが、もし彼に子がいて、父親の恨み節を聞かされて育ったら、聖鷹たち親子の暮らしを妬ましく思ったかもしれない——。

いったい、誰が聖鷹たちを狙った真犯人なのか。

さっぱりわからずに咲莉が頭を悩ませていると、茶菓子を食べていたエリカが、ふいに口を開いた。

「ねえ、心当たりは三人って言ってたけど、本当はキヨにはもうわかってるんじゃない？その中で誰が犯人なのか、だいたい想像がついてるんでしょう？」

珈琲を飲む聖鷹は、なぜかそれには答えない。

図星ということなのだろうか。咲莉は彼の頭の中が気になって仕方なかった。

「……キヨがあれこれ頼むから、有馬が残業続きでうちの店に来てくれないのよ。席を空けとくけど、次いつ来る？って聞いたら、『桜小路の事件が解決するまで行けない』って」

エリカは少し恨めしそうに聖鷹をせっつく。

（そうか、エリカさんは、有馬さんのことが好きなんだ……）

話を聞きながら、咲莉はようやく気づく。もしかしたら、エリカは聖鷹狙いなのかもと思っていたので、違ったことに内心で胸を撫で下ろした。

ふと、有馬刑事は先日ほんの数十分だったけれど、ここに立ち寄ったことを思い出す。聖鷹と話をしながら、一杯だけ珈琲を飲んですぐに帰っていったが、エリカには言わないほうがいいだろう。

『バレルエイジドコーヒーのカッピングスコア九十点超えのやつが手に入ったと言われたら、来ないわけにはいかないだろう』と有馬は満足げに言っていたから、珍しい珈琲を用意したらエリカの店にもほいほい足を運んでくれるのではないか……などと思う。

有馬の気持ちはわからないけれど、忙しくなるまでは時折エリカの店を訪れていたようなので、そう一方通行な想いというわけではないだろう。そんな二人の関係の進展を阻んでいるのが自分だと責められた聖鷹は、少しだけばつが悪そうだ。

「詫びに有馬の名前でボトル入れといて。支払いは僕がするから」

「あらぁ！　まいどありがとうございます。じゃあ、遠慮なく一番高いボトル入れさせてもらうわね」とエリカは現金ににっこりしている。ふいに彼は咲莉に目を向けて、真面目な顔で言った。

「ひらりちゃんも、キヨの関係で事件に巻き込まれて、大変な思いしたんでしょう？　この男、金は有り余ってるんだから、思い切り甘えてマンションでも車でも、なんでも欲しいもの買ってもらいなさいね」

彼の言葉に聖鷹がちらりとこちらを見る。

「いいよ。咲莉くんのおねだりなら。なんでも欲しいものを買うよ」

「ふぐっ」

真顔で仰天するようなことを言われる。二人の話を聞きながら美味しいスコーンを頬張っていた咲莉は、あやうく喉に詰まらせそうになった。

「あらあ、らぶらぶじゃないのぉ！」とエリカはなぜか頬に手を当てて照れている。

急いでスコーンを呑み込んでから、咲莉は口を開く。

「い、いえ、欲しいものは特にないので」

「えー!?　ほんとに!?　キヨが継いだ桜小路家の資産、ざっくりで一千億円くらいはあるはずよ？」

不思議そうに言うエリカの言葉に、咲莉はぽかんとなった。

「クイーン・ジェーンの入ってるビルも、その通り一帯のビルも、ほとんどがキヨが相続した持ち物件でテナント入れてるんだし。そもそも、すぐそばの桜庭《さくらば》百貨店はキヨのご先祖様が創業したものだから、今も桜小路家の持ち会社が大株主なのよね。それに、この部屋が入ってるビルだってあなたが出資して一棟まるごと建てたものなんでしょう？　相続時よりこの辺りの地価も株価も上がったから、やだ、考えてみたら、そろそろ総資産は倍くらいになってるんじゃない？」

「そこまではいかないよ。毎年税金の支払いが大変なだけで」

聖鷹の返事にため息を吐き「財産はありすぎても大変よねー。うちもすぐそばにある実家が土地だけは広いから、固定資産税がヤバいみたいよ」と、エリカはしみじみと言う。

二人の話に咲莉は目を白黒させてしまう。

金持ちだとは思っていたが、まさか桜小路家がそこまでの富豪一族だったとは。

聖鷹が小さい頃からさんざんな目に遭ってきた理由が、なんだかようやく腑に落ちた気がした。咲莉が生まれ育った環境とは、また別の意味で大変そうな世界だ。

「あ、なんでこんなに詳しいかっていうとね、実はうちも桜小路の遠縁なのよね」

「えっ、そうなんですか⁉」

エリカの言葉に驚くと、聖鷹が珈琲を飲みながら説明してくれた。

「そう。でも残念ながら、松島は分家で、父の遺産相続にはいっさい絡んでない。損も得もないから犯人候補じゃないよ」

「ちょっと、あたしが犯人のわけないでしょう⁉」とエリカは目を吊り上げている。

「そもそも、もし相続権があったとしても、あたしはもう自分で稼いでいるし、長年の友人のキヨを襲う理由がないわ。それにね、キヨには、最初の店を出すときたくさん出資してもらって、すごく助かったのよ。もうちゃんと利子をつけて全額お返ししたけど、あのときの恩義もあるし、金目当てでこいつの命を狙おうなんて奴はぜったいに許せないわね」

聖鷹はエリカの店のスポンサーもしていたらしい。有り余る金を使って贅沢するのではなく、人のために出せるところが聖鷹らしいと思った。

「ま、ひらりちゃんも、いろいろ迷惑被ってるんだから甘えておきなさいな。都心のマンションの一室とか、新型の外国車くらい、こいつの懐具合からしたらほとんどお茶をご馳走するくらいの感覚よ」

「い、いえ、そんな、いいです」

エリカに驚くようなことを促され、咲莉は慌ててぶるぶると首を横に振る。

「服とか靴とか、パソコンとか。なんでも遠慮しなくていいんだよ」と聖鷹にまで促され、じっと目を見つめられる。

特に欲しいものなど思いつかない。高価なものではないが、着られる服も、靴も持っている。パソコンも大学入学時に購入したものが問題なく使えている。

だが、彼が喫茶店一帯のビルの持ち主だと知り、ふと気になっていたことを思い出す。

「あの……もの、じゃないんですけど」

咲莉はおずおずと口を開く。

「どんなこと？」と聖鷹に訊かれて、思い切って頼んでみる。

クイーン・ジェーンと同じ通りに立つビルの一階に、たまにホームレスらしき老人が座っていることがある。具合が悪いのかと気になって、話しかけたことで知り合いになった。そのビルの一階に入っている甘味処は、実はその老人が経営する店らしい。しかし、息子がギャンブルにはまって店の金を使い込み、家賃を滞納したせいで、もうじき追い出されてしまうと言っておいおいと泣くのだ。

会うたびに同じ話をするので、ずっと気になっていた。あのビルが聖鷹の持ち物件なら、家賃をもう少し待ってやることはできないだろうかと咲莉は頼んでみた。

咲莉の話を聞いて、聖鷹は「ああ……柿沼《かきぬま》さんのところのおじいさんか。大丈夫。家賃は滞納してないよ」と頷く。

「そうなんですか？」

「うん。経営も順調みたいだし。ただ、少し認知症が始まったみたいで、昔滞納したときのことを繰り返し話すそうだ。息子さんご夫婦と同居で、いつもはヘルパーさんが来ているんだけど、一人になると、店の前で通行人をつかまえては語るみたい」

「そうだったんだ……なんだ、よかった。安心しました」と咲莉は笑顔になる。差し出がましいことを言ってしまった自分が恥ずかしくなったが、老人一家が追い出される事態はなさそうで安堵した。

他にないの？と訊かれて咲莉は頷く。

「今までも助けてもらいましたけど、今もこうして部屋に置いてもらって、新しい部屋を借りるまでの家賃も浮いてるし、じゅうぶんすぎるほど助かってます。っていうか、むしろ、居候のお礼をしなくちゃいけないのは俺のほうじゃないですか？　また店を開けられるようになったら、もっと頑張って働きますね」

聖鷹の金は彼のものだ。親戚でもない咲莉にまで何かしてくれようという気持ちだけでありがたい。

なぜかエリカが達観したような目で咲莉を見つめている。

「ちょっと……これだから田舎育ちは、心が綺麗すぎてびびるわね……」

「だろ？　僕も咲莉くんと話してると、たまに自らの心の汚れを神に懺悔したくなるよ」

エリカが何か言い、聖鷹がぼそぼそと答えている。

「ほんとよ……なんでも買ってやるって言われてるんだから、適当にでも何かねだりなさいよねえ……換金性の高い時計とか、宝飾品とかをさあ……」

いったい何を話しているんだろうと咲莉は首をかしげた。

「——キヨ、この子はね、アタリよ」

エリカが何か言い、ふいに聖鷹が、なぜかじっと咲莉を見つめる。真面目な顔で見られてどきっとする。

「人間、どんなにうわべを取り繕っても本質は変わらないわ。こういう子はね、今どきめったに見つからないのよ。がっちり捕まえておかなきゃ駄目よ?」

彼は聖鷹に顔を寄せて、何か告げている。聖鷹が難しい顔をして「わかってるよ」と頷いた。

幼稚舎から一緒というだけあって、エリカと聖鷹は言いたいことを言い合える間柄だ。咲莉は地元を出て以来、昔の友達とは疎遠になってしまったし、大学でも衣笠を含めて数人しか話す友達はいない。

幼馴染みっていいなあと、二人の関係を羨ましく思いながら、咲莉は膝の上のミエルを撫でた。

実行犯がわかったあとも、真犯人はなかなか判明しなかった。

闇サイトでアルバイトを雇うために使われたスマホのSIMカードは、足がつかないように使い捨てで、しかもご丁寧にネットのフリマサイトで購入されていたと有馬は悔しそうに言っていた。まだ追跡にはしばらく時間がかかりそうだ。

＊

そうこうしているうち、夏休みの残り日数が少なくなってきて、咲莉は焦りを感じた。

時間があるので趣味の執筆はどんどん進む。たまに依頼が入るオンライン家庭教師のバイトも順調だ。

問題は、夏休み明けの後期の授業だ。

聖鷹は『後期の授業はできる限りオンラインで受けたほうが安全だ』と言うけれど、対面授業でしか単位をくれない講義もある。

あのあともう一度、本の返却のために、聖鷹に大学の図書館についてきてもらったが、そうたびたび頼むのは心苦しい。咲莉は切実にそろそろ犯人が見つかってほしかった。

そんな頃、またエリカが聖鷹の家に差し入れを持ってやってきた。

彼は咲莉とは別の理由で追いつめられていて、「ねえ、いいかげんに本気で犯人見つけて有馬を解放してよ」と聖鷹に泣き言を言った。

元々激務の刑事の仕事に加えて、聖鷹の頼み事を調べているせいだろう。有馬はエリカの店に来てくれないどころか、メッセージを送っても最近は返事すら来ないそうだ。

「……一つ、犯人に尻尾を出させる方法が、あるにはある」

多少は後ろめたさを感じていたのか、聖鷹が切り出した。

なになに⁉とエリカが食いつく。咲莉も固唾を呑んで続きを待った。

「これまでのことを考えると、犯人はどうもこちら側の事情に精通している。おそらく、どこかから情報が漏れているんじゃないかと思う。だから、それを調べるため、心当たりのある人物に対して、それぞれ違う情報を流そうかと思ってる」

「それはいい案ね！」

つまり、こちらからあえて事態を動かして、犯人がどこから情報を得ているのかを突き止め、そこから真犯人をあぶり出すというわけだ。

「犯人が動かざるを得ない話……たとえばだけど、僕が婚約するという情報を流すんだ」

「婚約⁉」

エリカが大はしゃぎで歓声を上げ、咲莉は目を丸くする。

「うん。とはいえ、もちろん偽の話だよ。この間言った三人の心当たりを有馬に調べてもらったら、鞠子さんの兄嫁には借金があるようだ。二人目は今も行方不明のままだから、犯人の可能性は低い。三人目も金銭的に余裕はない。凶行に踏み切る動機があるということだ」

もし、真犯人が兄嫁なら、鞠子親子の死によって、夫の元に遺産が入る。

聖鷹が死なない限り、遺産が手に入らないのは、三人目の心当たりだそうだ。

単純に誰の死を望むのか、ということだけでも、得をする人間が絞れるはずだ。

聖鷹が結婚してしまうと、たとえ彼を殺しても、遺産はすべて配偶者のものになってしまう。犯人は焦りを感じて、婚約を破棄させるか、もしくは婚約者を排除しなくてはと考えるはずだ。

警護を固めつつ、婚約者役をおとりにして犯人を煽り、その正体をあぶり出す——というわけだ。

偽りの婚約者というプランに興奮しているエリカとは正反対に、咲莉の気持ちは沈んだ。

(でも、ただのお芝居なんだから……)

けれど、たとえふりであっても、聖鷹が誰かと婚約するというのは切なかった。

だが、それも、膠着状態にある事態を動かすためなのだから仕方ない。

聖鷹と相手役の身の安全を祈ろう、と前向きに考える。

「ねえねえ、それで婚約者役は誰にするの？」

エリカがワクワク顔で聖鷹に訊ねる。

「警察官に警護に当たってもらうつもりだけど、おとりになるわけだから、自分で身を守れる人じゃないと危険だ。鞠子さんの合気道の道場か、もしくは有馬に誰か部下を紹介してもらおうかと考えてる」

「えぇー、そんなんじゃやぜったいに駄目よ!!」

聖鷹の案に、エリカが鋭く突っ込みを入れる。

「だって、犯人は一部こちらの情報も知ってる感じなのよね？　店やキヨのこと監視してるっぽいし、そこに見たこともない婚約者なんて出てきたら、駄目よぜったいダメダメ、芝居だって即刻バレるに決まってるわ！」

「そうかな」と聖鷹は眉を顰めて考え込んでいる。

「そうよ。それに、どうせ当日は、警察とセキュリティーサービスを配置してばりばりに警戒するんでしょう？　だったら、ここはお芝居じゃなくて、お相手も真実味を出さなくちゃ引っかかるものも引っかからないわよ。ごちゃごちゃして犯人を取り逃したら、ひらりちゃんも自由がなくなって、これからずっと警護をつけて歩かなきゃいけなくなっちゃう。危険が長引くこと考えたら、一日だけ覚悟を決めて、本気でおとり捜査をするべきよ！」

エリカに熱弁で焚きつけられ、聖鷹はなぜかじっと咲莉を見つめた。

「悔しいけど、松島の言うことももっともかもしれない」

聖鷹がぼそぼそと言う。

「……咲莉くんは、この案についてどう思う？」

少し硬い声で彼に訊ねられて、咲莉は身を強張らせる。

「あの、いいと思います……俺も、後期の授業に出られると嬉しいですし……」

無理に明るい笑顔を作る。胸が痛むが、これは咲莉自身のためでもあるのだ。

そう言うと、聖鷹はソファから下りて片方の膝を突く。座っている咲莉の手を握り、こちらを見上げてきた。

「じゃあ咲莉くん……僕と、婚約してくれる？」

真剣に乞われて、咲莉は目を瞠った。

「本当は君を危険になんか晒したくない。でも、ずっと危ない目に遭わせ続けるのも嫌だ。これは、犯人を出し抜くための苦肉の策だ」

驚きすぎて、彼が自分を芝居相手にしようとしていると気づくまで、しばしの時間を要した。もちろん、自分がおとり計画の役に立てるのなら、なんだってする。

ただ、確かに咲莉は聖鷹と特別な約束を交わしている。とはいえ、咲莉が彼の婚約者だなんて、どう考えても現実味がない。それでは、芝居を打つ意味がないのではないか。

「必要ならなんだってやりますけど……でも、婚約者が俺で、信じてもらえますかね……？」

「何言ってるの」と聖鷹は笑った。

「君はね、襲撃事件のあと、僕が自分の家に連れ帰って、片時も一人にしないように大事にしてる相手だよ。婚約の情報なんか流さなくても、咲莉くんが僕の特別な存在だっていうことは、すでに犯人側にはばれていると思う。それでも、できることなら君をおとりにはしたくなかったんだけど……」

聖鷹は握った咲莉の手を口元に持っていくと、その甲に口付ける。真剣な眼差しに射貫かれて、呼吸が止まりそうになった。

「どんなことがあっても、必ず守るから」

キャー!!という、興奮したエリカの叫び声が響く。

「いいわ、いいわ、最高！」

咲莉の隣に座っていたミエルが大あくびをして、やれやれと騒ぎから逃れるように、場所を移動した。

『このたび、桜小路聖鷹と山中咲莉は婚約を交わしました。お世話になった皆様を二人の出会いの場である欧風珈琲喫茶クイーン・ジェーンにお招きして、ささやかな婚約披露のパーティーを開催したいと思います。なお、結婚式は三か月後の予定です――』

そんな聖鷹の爆弾発言を綴った婚約パーティーの招待状は、関係者へと、少しずつ内容を変えて送られることになった。

＊

おとりを使って犯人をおびき出す計画は、有馬刑事とエリカも交えて、秘密裏に進められた。

「犯人が、桜小路と婚約した咲莉くんを襲おうと思ったら、どこで狙う？」

有馬の問いかけに、ソファに座り、テーブルを囲んだ咲莉たちは頭を悩ませた。

聖鷹の自宅があるビルは厳重に警戒されていて、用のない者は住居階に上がることすらできない。更に聖鷹の店は休業中で、咲莉は彼の部屋にほぼ籠もりきりだ。先日、大学の図書館に行くときも、聖鷹と警備会社の人にガードされて、用が済むとすぐに帰宅した。

つまり今は、どこからどう見張っていたとしても、犯人には聖鷹も咲莉も狙う隙がないのだ。

「……皆川ならどうする？」

ふいに聖鷹が問いかけ、ちょうど出勤していた皆川がエプロンを身に着けたままキッチンから出てきた。話は聞こえていたようで、説明するまでもなく彼は言う。

「そうですね。私でしたら、山中様がご実家に帰られるときか、もしくは、後期の授業が始まって、大学に行かれる際の往復などを狙うと思います」

淡々と言われて、確かにそうだと咲莉はゾッとした。

「このままだと、咲莉くんは犯人が捕まらない限り、一人では実家にも帰れないし、大学にも行けないってことだな」

有馬が厳しい顔で言う。

「あたしなら店を再オープンしたときを待って、そこを狙うわね！」

エリカの意見に「俺もそのときが狙いやすいと思います」と咲莉も同意する。

「店でなら、見知らぬ客が入ってきても、咲莉くんと接触できる。日中は客の手前、警備も目立たないようにするしかないから、確かに守りにくいし、隙ができるな」

「だったら、いっそのこと婚約披露パーティーと店の再オープン祝いってことで、疑惑のある者全員を招待するのはどうだろう？」

聖鷹の提案に、皆が注目する。

（こ、婚約披露パーティー……!?）

予想外の話に咲莉は動揺するが、「やだ、その案いいじゃない！」とエリカが目を輝かせて食いついた。聖鷹が頷いて続ける。

「パーティーなら、招待状を持っている者だけに絞れて、同時に警護の者もじゅうぶんに配置できる。あらかじめ工事を入れて監視カメラも増やしておけるだろう」

有馬が「だったら、パーティーが始まったら先の道を通行止めにして、事前に逃走経路を塞いでおくか」と言い出す。

もちろん、身の安全も大切だ。だが、偽りの婚約話でパーティーまで開いてしまうなんて、と咲莉は動揺を隠し切れない。

「き、聖鷹さん、それで、本当にいいんですか？」

「うん。あらゆることをシミュレーションして、完璧に警護を配置する。咲莉くんのことはぜったいに傷つけさせたりしないから安心して」

狼狽えて見上げても、聖鷹は咲莉の手を握るばかりで、どんどん話は進んでしまう。

当日に向けて、揃いのスーツを仕立て、ケータリングサービスを頼む。ノリノリのエリカ主導でパーティーの準備は始まった。

芝居だという事情を伝えられているにもかかわらず、鞠子は大喜びで「当日が楽しみねえ。うちのワンちゃんたちも参列していいかしら？」と言い出した。

更に聖鷹は、姉の絢美夫婦、そして美沙子夫婦にも招待状を送った。

美沙子は、聖鷹とはやりとりがあるものの、鞠子たちとは父の葬式以来会っていないという。子供の世話もあるだろうし、父の正妻たちと顔を合わせるのも躊躇われて、今回は不参加かもしれないと聖鷹は言っていた。

いくら真実らしく装うといっても、さすがに咲莉の祖母にだけは偽りの招待状を出すわけにいかない。他にはクイーン・ジェーンの常連客たちにも招待状が送られた。

しかし、こんな大ごとにしては『実は婚約は嘘でした』と伝えたときに、自分はともかく、聖鷹が周囲の人々から信用を失いかねないのではと、咲莉は不安でたまらなくなった。けれど聖鷹のほうはといえば、「大丈夫だよ、命がかかってるんだから、あとでちゃんと話せばみんなわかってくれるって」とまったく意に介さない様子だ。

やむを得ず腹をくくり、芝居をすると決めてから、聖鷹と咲莉は精力的に動いた。

結婚式場も今では同性婚を大歓迎していて、ウエディング関連事業は新たな顧客向けのプランをあれこれと打ち出している。見学に赴くたびに、話の流れから、聖鷹の懐が豊かなことに気づかれてしまったようで、二人はプランナーに大歓迎されて、ぜひともと目玉の豪華なプランを提案された。

そして結婚式場をはしごした日、聖鷹はその中の一か所をなんと本当に仮予約してしまった。

更には、話に真実味を持たせるため、宝飾店にも行った。値段を見て咲莉は震え上がった。だが聖鷹は実際にサイズを測って婚約指輪を購入し、更には結婚指輪まで注文して、それらをいちいち周囲の人々にも報告する。

招待客の中で、これが芝居であることを知っているのは、聖鷹の母の鞠子と、刑事の有馬、そして同級生のエリカだけだ。

有馬たちと打ち合わせをして、聖鷹は計画を綿密に練り上げた。

パーティーの招待状には、結婚式の日取りを入れる。それからエリカが、『婚約後は、二人だけでしばらくの間、海外を旅する予定です』という一文を入れることを提案した。

「ああ、そうすれば、犯人もこれから聖鷹と咲莉くんを狙うことができなくなると気づくな。これはもう、帰国まで悠長に待っていられないと焦るだろう。唯一、狙えそうなのが婚約披露パーティーだと決意するかもしれない」

有馬が感心したように同意する。

「でしょう!?　あとはそうね、『愛の証しとして、結婚に際し、桜小路家の一員となる彼に、遺産を生前贈与することも考えている』とか、バカップルっぽいこと書いておいたら、いっそう犯人は奮い立つんじゃない？」

張り切るエリカに、聖鷹が難色を示した。

「それじゃ、咲莉くんの身がより危険になる」

「何言ってるのよ、一度襲撃を失敗してるし、婚約くらいじゃ警戒して襲いに来ないかもしれないわよ。もう、ぜったいにひらりちゃんの後期の講義が始まるまでに犯人を確保できるくらい、相手を焦らせなきゃ。このままじゃ一生狙われるわよ⁉」

なんとしても有馬を仕事から解放するためにか、エリカの目は真剣そのものだ。

「あの、俺も、エリカさんの案に賛成です」

咲莉は財産には少しも興味がない。けれど、聖鷹のためにも、自分のためにも、できることなら警護の者たちがいてくれるときに片をつけたい。

咲莉がそう申し出ると、聖鷹は苦い顔をする。

「もし、今回真犯人に行き着かなかったら、咲莉くんを連れてしばらく海外に行くことも考えてる」と恐ろしいことを言いつつも、最終的にはその案に同意してくれた。


今日何十回目かの「婚約おめでとう！」の声がかけられる。

「まあ、咲莉くんがバイトに入ったときから、こうなる気がしていたのよねぇ」「孫のお祝いのような気持ちだわ」と、常連客が口々に祝いの言葉を告げていく。

今日の咲莉は、真新しい淡いグレーのスーツに身を包み、胸元には白い花のコサージュを着けている。髪を撫でつけて、いつになくめかし込み、強張った笑顔で数え切れないほどの「ありがとうございます」を返した。

ささやかなパーティー会場となったクイーン・ジェーンの店内は、立食スペースとなっている。若者は立ち、端に寄せられた椅子に高齢の常連客たちが座って、思い思いに歓談できるようにアレンジされている。

店内には有馬の部下の警察官が参加者に見えるスーツ姿で紛れ込み、常に咲莉たち二人と鞠子を警護してくれている。更に、おとり役の咲莉と聖鷹は、ジャケットの中に防刃用のベストを着け、ベルトにはGPSも仕込まれている。万全の態勢だ。

鞠子とその兄嫁には『ドレスコードは、何か青いものを身に着けてくること』と伝えてある。絢美には『白』、美沙子には『黄』、常連客たちには『赤』、警察関係者には『緑』と、それぞれの関係者に別々の色指定を伝えてあった。

これで、また実行犯が現れれば、誰を経由して情報を得たのか判断できる。万が一その場で取り押さえられなくても、真犯人を特定できるという聖鷹の案だ。

しゃれた訪問着姿の鞠子が「咲莉くん、ちょっといいかしら」と声をかけてきた。

「聖鷹の姉の絢美よ」

紹介された絢美は落ち着いた色のワンピースを着ていて、面立ちが鞠子たちによく似ている。

「はじめまして。不肖の弟がお世話になりまして」

「は、はじめまして、山中咲莉です」

丁寧に挨拶を返すと、絢美は興味深げに咲莉をまじまじと見つめている。

「おめでたいことだけど、あの聖鷹が婚約とか結婚だなんてね、未だに信じられないわ。本当にあの子でいいの？」

「ちょっと絢美、失礼でしょう」

鞠子が窘めて、飲み物を提供しているカウンターのほうに絢美を追いやる。笑みを浮かべつつも、彼女は最後まで、どこか物珍しいものを見るような目つきで咲莉を見ていて、少しだけ居心地が悪い。

「咲莉くん、ごめんなさいね。決して悪い子じゃないんだけど、絢美は言いたいことを全部口にするタイプなのよ」

気にしてません、と鞠子に言って笑顔を作る。

絢美はかなりはっきりした性格をしているようだ。断言はできないけれど、あんなふうに面と向かって言えるのなら、わざわざ面倒な裏工作などはしそうもない気がする。

（でも……じゃあ、誰が……？）

それからも、緊張を押し隠して、次々と来客から祝福を受け続ける。そのうち、咲莉はだんだんと笑顔が強張ってくるのを感じた。グラスを手に、立って話しているだけだというのに、疲労が溜まってくる。

この祝いの席のすべてが犯人をおびき寄せるための偽りなのだから、気が抜けないのは当然だ。

それに加えて、この場にいる人たちに盛大な嘘を吐いている、という罪悪感もあるのかもしれない。

(無事に真犯人が捕まったら、お祝いしてくれた三原さんたちにも謝らなくちゃ……)

「――咲莉くん、疲れた?」

ふいに背後から聖鷹に声をかけられて、どきっとして振り返る。

「だ、大丈夫です」

今日の彼は、体にぴったりとしたシルバーのスーツを着て、胸元には咲莉と揃いのコサージュを着けている。前髪を軽く撫でつけているせいか、美しさが際立ち、目が焼かれそうなほどに神々しい。

有馬から、計画上二人が並んでいないほうが犯人は狙いやすいと言われているので、今日はあまり彼と話せていない。だからか、聖鷹がそばに来てくれると、ホッとした。

「少しバックヤードで休んでおいで。何か飲み物持っていくよ」

そっと囁かれて、そうしますと答える。咲莉の警護を担当する刑事のほうにも視線を向

ける と、小さく頷いてくれる。

窓際に設けたカウンターで、ケータリングサービスのスタッフが各種ドリンクを提供している。

聖鷹の背中を目で追ってから、バックヤードに向かおうとすると「すみません」と声をかけられた。見ると、地味な色合いのスーツを着た男だ。

「店内のトイレがずっと使用中みたいなんですけど、他にもあるんですか？」

「あ、はい、ありますよ。ご案内しますね」

訊ねられて、バイトのときのスイッチが入った。

咲莉は刑事に視線を向け、大丈夫だと頷いてみせる。

小さな店なので、店内のトイレが混むことなどごく稀だが、万が一バッティングした際は、特別にバックヤードにある従業員用トイレを案内していいことになっているのだ。

（招待客の誰かが、具合が悪くなって籠もっているのかな）

それとも鍵が半開きで使用中に見えているだけかもしれない。あとで見に行かなくては……と考えながら、咲莉はてきぱきとバックヤードに入り、「あちらです」と従業員用のトイレを指した。

すみません、と言ってついてきた男の襟元には、黄色のネクタイとポケットチーフが収められている。

（黄色のドレスコードを案内したのって、誰だっけ）

そう考えたときだ。

目の端に白いものが蠢くのが映った——ミエルだ。

本当は聖鷹の部屋で留守番の予定だったのだが、今日のミエルは玄関前に陣取ってついてくると聞かなかった。しかし、来てみれば店内に人が多くて落ち着かないからか、珍しくバックヤードに引き籠もり、棚の上で寝ていたようだ。

身を起こした白猫に声をかけようとすると、なぜかミエルは毛を逆立て、「シャーッ!!」と威嚇の声を上げた。こんな反応は初めてで、目を丸くする。

慌てて振り返った瞬間、背後からナイフを持った男が襲いかかってこようとしているのが目に入り、血の気が引いた。まさか、逃げ場のないバックヤードで襲われるとは思ってもいなかった。

咲莉はとっさに、バックヤードの机の上に置いていた自分のバッグを掴み、力いっぱい男に投げつける。

ドカッという音がして、バッグをぶつけられた男が憤怒の表情になった。

「咲莉くん!!」

唐突に、鋭い聖鷹の声が飛んできた。

次の瞬間、強く押しのけられ、咲莉はバックヤードの床に転がっていた。

慌てて身を起こした咲莉の目に、ナイフを持った先ほどの黄色いネクタイの男と、聖鷹が取っ組み合うところが映った。聖鷹が男の腕をひねり上げ、ナイフを叩き落とす。

悲鳴が上がったところで、開いた扉から警護の刑事が飛び込んできて、聖鷹に加勢する。男が獣のような咆哮を上げると、店内から招待客たちの怯えたようなざわめきが聞こえてきた。

警護のために配置されていた刑事たちが一気に駆けつけて、男を取り押さえる。

呆然とする咲莉のところに、スーツを乱した聖鷹が駆け寄ってくる。

「咲莉くん、怪我は⁉」

ぶるぶると首を横に振り、「あ、俺、ぱ、パソコンの入ったバッグ、投げちゃった」と今更ながら青褪めた。

「君のほうが大事だよ、ものはあとでいくらでも買い直せるから……！」

聖鷹が安堵したように言う。深く息を吐いた彼の腕に、痛いくらいにきつく抱き締められた。

刑事たちが男を連れ出すと、ざわついていた店内から、黄色い歓声と拍手が聞こえてくる。

「店長もやるじゃないの」という、常連客たちの感嘆の声が、混乱し切った咲莉の耳に届く。

そのときようやく、黄色は誰へのドレスコードだったかを思い出した。

＊

警察の事情聴取を終えて、二人が帰宅したのは、もう日付が変わる頃だった。

婚約披露パーティーに入り込み、咲莉を襲おうとしたのは、小川陽介《ようすけ》——驚いたことに、聖鷹の異母姉である美沙子の夫だった。

彼はどうして今回の襲撃をするに至ったのかを自白せず、黙秘している。

美沙子が夫と共謀したのか、それとも彼女は関与しておらず、夫が勝手に招待状を使っただけなのかについては、まだ不明だ。美沙子は当日来ていなかったので、詳しいことは今後捜査をしていくうちに判明するだろう。

（大変な一日だったな……）

体力はあるほうだと思うけれど、さすがの咲莉も今日は疲労を感じていた。

玄関扉を開けて中に入り、セキュリティーを解除する。

咲莉がジャケットを脱いだだけで、二人ともまだ、婚約披露パーティーに出たときの服のままだ。

ミエルは珍しく迎えに出てこない。警察に赴く前に皆川に頼んで、店までミエルを迎えに来てもらった。夜のエサもあげてくれたはずだから、眠っているのかもしれない。

「ミエルは寝てるんですかね」

靴を脱ぎながら言うが、なぜか聖鷹から返事はない。

「聖鷹さん？」

彼も疲れているはずだ。咲莉はバッグを投げただけだけれど、聖鷹は犯人と直接やり合って咲莉を助けてくれたのだから。

眉根を寄せて黙っているので、どうしたのかと不安になる。怪我はなかったはずだが、と思っていると、聖鷹が咲莉の手を取った。

そのまま反対の手を腰に回されて、強く抱き寄せられる。

驚きに身を強張らせる咲莉の体は、長身の彼とは体格が一回り違う。すっぽりと聖鷹の腕の中に包み込まれ、咲莉は動揺して目を見開いた。

「……今日は、怖い思いをさせて、本当にごめん」

咲莉をきつく抱き締めて、彼が謝罪してくる。

「あ、謝らないでください、聖鷹さんのせいじゃないです」

確保された犯人が、今回の様々な事件の黒幕だと確定すれば、聖鷹も咲莉も安全に外を歩けるようになる。やっと店も開けられるし、後期の授業にも出られるのだ。

襲われて自分が味わった恐怖よりも、咲莉は聖鷹のことが気にかかっていた。

血縁者でないとはいえ、犯人は親族の一員だったのだ。

「聖鷹さん、あの、大丈夫ですか……？」

縋るように咲莉を抱き、腕の力を緩めない彼が心配になる。

「ちっとも大丈夫じゃない」と言われて、咲莉は目を丸くした。

「有馬に、咲莉くんから一瞬も目を離さないでくれと言っておいたのに、警護担当の刑事が、まさか犯人とバックヤードに入っていくのをぼんやり見てるなんて」

珍しく苛立った様子で彼は言う。

「す、すみません、俺が大丈夫って目配せしたんです。しかも、勝手に客だと思い込んで、中に入れちゃったから――」

「咲莉くんは悪くないよ。ごめん、刑事に怒ってるわけでもなくて、むしろ一番頭にきてるのは自分にだ。危険だってわかってたのに、人任せにして咲莉くんから目を離した。男がナイフを持ってるのを見たときは愕然としたよ……もう、あんな思いをするのはこりごりだ」

咲莉からゆっくりと身を離した聖鷹は、咲莉の両肩を掴み、苦しげに言った。

「……キスしてもいい？」

「え……で、でも」

咲莉は狼狽えた。もちろん、自分は嬉しい。だが、いいのだろうかと困惑する。

「来月まで待つと宣言したのは僕のほうなのに、ごめん。でも……目の前で君が襲われそうになって、本当に後悔した。もう一か月早く生まれたかった、恋人にしてほしいって君は言ってくれたのに、大人のふりをして受け入れなかったことを……本当は、毎晩咲莉くんの夢を見るほど触れたくてたまらなかったのに」

咲莉は呆然として聖鷹を見上げる。苦悩の表情で漏らす聖鷹は、決意をするみたいに咲莉をまっすぐに見据えた。

「遅くなったけど、改めて言うよ――僕を、咲莉くんの恋人にしてほしい」

真剣な眼差しで告げられて、呼吸が止まりそうになった。

「命を狙われたり、嫌われていたり……正直、あまりおすすめできる男じゃないし、金があるだけで条件がいいとも言えないんだけど……でも、僕は咲莉くんのことが好きなんだ。自分の気持ちを自覚しても、簡単には手が出せないくらい、大切に思ってる。誰よりも大事にするから、だから――」

咲莉は必死で何度も頷いた。待ち望んだ言葉を聞き、喜びで心臓が激しい鼓動を打っている。

夢かもしれない、と思いながらも、震える声で「嬉しいです」とだけ言うのがせいいっぱいだった。

聖鷹がホッとしたように咲莉の髪を撫で、身を屈めて額に口付けてくる。

頬にも唇で触れられ、鼻先にもちゅっと口付けてから、彼が訊ねてきた。

「唇にしてもいい？」

問いかけに、沸騰しそうな頭でぎくしゃくと頷く。

「今日はこれ以上はしないから」と囁かれて、髪に手が差し込まれる。上向かされて、聖鷹が顔を寄せてきた。

唇を優しく啄まれる。舌でそっと舐められたり、軽く吸われたりするのはくすぐったくて気持ちがいい。

戯れのような口付けは、次第に濃厚なものになった。

「ん、んっ」

そっと顎を掴まれて、口を開けるように促される。従順に従うと、咥内にぬるりと熱いものが入ってきた。

彼の舌は、咲莉の口の中を探るように蠢く。口蓋をくすぐるように舐められたり、強張った咲莉の舌と擦り合わされたりもする。舌同士をきつく絡められて、ねっとりと吸われると、じんと熱い痺れが舌から全身に行き渡り、どんどん体が熱くなっていく。

必死で息を吸おうとするけれど、執拗なほどのキスにうまく息が継げない。

やっと口付けを解かれて、はあはあと咲莉は荒い息を繰り返す。

息が整う前に、頤に手がかけられる。視線が重なると、聖鷹の瞳が熱を秘めた色でこちらを射貫いていた。

「キスだけでこんなに蕩けちゃうの……？」

ため息交じりに言われて、咲莉は戸惑う。自分が過剰に反応しているわけではない。聖鷹のキスがあまりに淫靡すぎるからだ。

ちゅっと一回して、終わりかと思っていたのに。

それどころか、顔のあちこちに口付けた聖鷹は、咲莉が少し落ち着いたのを見計らうと、また顔を寄せてくる。美しい顔が近づいてきて、再び唇を重ねられた。

「ぅ……、んん……ぅっ」

今度は、更に大胆に舌を搦め捕られて、咲莉は甘い息を漏らした。

くちゅっといやらしい音を立てて、舌が痺れるくらい吸われて甘噛みされる。何度もそうされて、足が震えて立っているのがつらくなってくる、咲莉を半ば抱えるようにして聖鷹は一歩進む。背中を玄関脇の壁に押しつけられて、掴んだ指を深く絡められ、再び深いキスが始まった。

「ん……っ、は、ぁ……っ」

口の端から二人分の蜜が零れるくらいいやらしいキスに、ぶるっと身を震わせる。咲莉の顎まで溢れた蜜を舐め取る聖鷹の舌の熱さに、ぞくぞくと背筋が震える。

唇を舐められたかと思うと、ちゅっと音を立てて愛しげに啄まれ、もう一度貪るような口付けをされる。

やんわりと顎を掴まれ、背中は壁に押しつけられていて、逃げようがない。

咲莉はただ必死で彼の腕に縋り、囲い込まれるようにして与えられる濃密な口付けを受け続けた。

全身がじんじんと熱くて、下腹にも熱が溜まっている。

強く抱き寄せられると、彼のスーツ越しの腿で咲莉のものが押し潰される格好になる。

わざとなのかたまたまなのか、口付けをしながらそこをこすられると、背筋までびりびりとした疼きが走る。

(も、もう、だめ……)

いやいやと身を捩ろうにも、しっかりと捕らえられていて果たせない。

キスだけしかしない、と彼は言った。だがそれは、唇から全身に電流が走るほど激しいキスだ。

「……っ!」

舌をきつめに吸われながら、服の中で変化してしまった昂りを、彼の硬い腿で刺激される。

半泣きになりながら、咲莉は止めようもなくびくびくと身を震わせた。

解放感があり、じわ、と脚の間が濡れるのを感じる。

——服も乱していないのに、イってしまった。

衝撃を感じるが、足ががくがくして、咲莉は彼にしがみつき、立っているだけでせいい

っぱいだ。

羞恥と混乱で、ごめんなさい、と謝ると「謝らないでいいんだよ」と優しく囁かれる。

しっかりと腕を回して体を支えてくれる聖鷹が、潤んだ目元に口付けてきた。

「可愛い、咲莉くん……」

うっとりと彼は言う。

咲莉の誕生日までは、あと半月ほどだ。

以前、『そのときは、キスだけでは終わらせてあげられない』と聖鷹は言っていた。

キスだけでも腰が砕けそうなのに、それ以上のことをされたら、いったいどうなってしまうのだろう。

咲莉は呆然と、ついさっき恋人になったばかりの男を見つめた。

【3　コーヒーに殺意をひと匙】

暑さも幾分和らぐ日が増えた。

長い夏休みも終わり、咲莉は無事に後期の授業に出席している。聖鷹は店を再開して、待ちかねた常連客たちが毎日嬉々としてやってくる。

変わったことといえば、すっかり家の暮らしに慣れたミエルは、出勤するときに店に連れていき、一緒に帰宅するようになったこと。

そして、まだ新しい部屋を見つけられていない咲莉もまた、彼らと一緒の部屋に帰るようになったことだ。

咲莉の平凡な人生の中でも、格段にいろいろなことが起きた夏だった。

命を狙われる事件に巻き込まれ、淡い憧れだった恋が信じられないことに成就して、聖鷹と恋人になった。

この夏のことを、おそらく自分は一生忘れないだろう。


土曜日の今日は、聖鷹の自宅から二人と一匹でクイーン・ジェーンに出勤した。

いつものようにミエルが自分のお気に入りの場所で日なたぼっこを始める。丸まる毛玉を横目に、聖鷹と咲莉は開店準備を始めた。今日最初の客は常連客の誰かなと考えながら、掃除に精を出す。

聖鷹が焼くスコーンのいい香りが店内に漂い始める。

ふいにチリンとベルが鳴り、店の扉が開いた。

「あ、すみません、まだ――」

開店まではあと一時間近くある。テーブルを拭いていた手を止め、開店前だと謝りかけて、咲莉は口を噤む。

とっさにカウンターの中にいる聖鷹を振り返る。洗い上がったグラスをグラスホルダーにかけていた彼も、入ってきた人物を見て動きを止めた。

「……美沙子さん」

「こんにちは。忙しいときにごめんなさい。少しだけ、いいかしら……」

右腕を三角巾で吊り、顔には治りかけのあざが痛々しく残っている。

店の入り口に現れたのは、強張った顔をした美沙子だった。


緊張しつつ、咲莉は本日の珈琲をドリップする。

聖鷹は彼女を窓際に近いカウンター席に促してから、驚いたことに「咲莉くん、珈琲を淹れてもらえる？」と頼んできた。

同じ粉、ドリッパーを使っていても、聖鷹が淹れたほうが美味しい。だから、彼が休憩中であったり、よほど手が空かないとき以外には頼まれることはなかった。俺でいいのかなあと思いつつ、咲莉は湯を沸かして丁寧に珈琲を淹れると、ミルクなどをトレーにセットして運ぶ。

「ありがと」

それを途中まで取りに来てくれた聖鷹に渡すと、美沙子に見えない角度で、咲莉を安心させるように彼は口の端を上げる。

美沙子がぎこちない動きでこちらに頭を下げるのが見えて、慌てて咲莉もぺこりと頭を下げ返した。

あの怪我はどうしたのだろう。なんだか具合が悪そうなのは、他にも本調子ではないところがあるのかもしれないと気にかかる。

とはいえ、開店前にしておくことはまだたくさんある。咲莉はなるべく二人の邪魔にならないように気をつけながら、手早くシュガーや紙ナプキンをテーブルにセットしていく。そうしながらも、咲莉は前回彼女がやってきたときとは別の意味で、落ち着かない気持ちだった。

婚約披露パーティーに潜り込み、咲莉を殺そうとしたのは、行方がわからなくなっていた美沙子の夫の陽介だった。

彼は元々、妻の亡き父の正妻である鞠子と、その息子で腹違いの弟の聖鷹を殺そうと目論んでいたようだ。

闇バイトを雇っての襲撃は失敗した。そんなとき、聖鷹の婚約披露パーティーが催されると知り、焦った陽介は、偽婚約者である咲莉にまでも殺意を向けた。もちろん、目当ては聖鷹が死んだとき、妻の美沙子に入るはずの財産だろう。そのために、聖鷹にはどうしても結婚してもらっては困るからだ。

美沙子に罪はない。それでも、夫の犯した罪に、彼女が居たたまれない気持ちでいるだろうことは想像がついた。

「お詫びが遅くなってごめんなさい、しばらく入院していて」

「その怪我は、旦那さんが？」

聖鷹が訊ねると「ええ、でも、もう大丈夫」と彼女は答えた。

「今更ですけど……主人がしでかしたこと……奥様にも、聖鷹さんにも、山中さんにも、本当に申し訳ありませんでした」

店内を歩く咲莉の耳に、美沙子の声が聞こえた。

「結婚前から、ちゃんと遺産分割は終わっていることや、桜小路家の財産は私たちのものじゃないことも説明していたのよ。でも、主人はどうしてもわかってくれなくて……私宛ての招待状を勝手に使って、まさか、あなたの大切な人を襲おうだなんて」

堪え切れなくなったのか、彼女はハンカチで目元を拭っている。

それを冷静な様子で眺めながら、腕組みをした聖鷹はなぜか無言だ。

「どうしても、直接謝りたかったの。子供を預けてきたので、もう帰らなきゃ。お店の準備の邪魔をしてごめんなさいね」

美沙子が席を立つ。見送るためだろう、聖鷹もそのあとに続く。

美沙子のためにドアを開けようとした聖鷹が、唐突に口を開いた。

「――美沙子さん、夫が僕たちを襲うように唆したのは、あなたなんだね」

内心でハラハラしながら様子を窺っていた咲莉は、聞こえた声にぎくりとする。

(な、なに……?)

聖鷹は冷静な声音で言う。

「違う人が犯人であることを願ってたよ。困ったことがあるなら、夫を操作して僕たちを殺そうとするんじゃなくて、姉として直接助けを求めてほしかった」

「……なんの話?」

美沙子ははかなげに微笑んで首をかしげる。

「警察を甘く見ているの？　もう捜査は進んでる。完璧にすべての痕跡を消すなんて、現代では不可能なんだよ。近日中にあなたが関与したという証拠を見つけて、警察が行くだろう。殺人の教唆で立件されたら、だいたい何年くらいの罪になるか知っている？」

美沙子が笑みを消した。

聖鷹は少し待って、と言い、驚愕している咲莉のそばまでやってくる。彼はカウンターから書類ケースを取り出すと、一枚の名刺を抜き、戻ってそれを美沙子に渡す。

「あなたが逮捕されたとしても、お子さんがじゅうぶんな治療を受けられるように、親族の一人としてサポートする。これから先も、なるべく普通に暮らせるように、母と協力して環境を整えるつもりだ。詳しいことは、すべてこの弁護士に聞いてくれ」

名刺を受け取った美沙子は、どこかぼんやりした顔でそれを見つめる。

「ありがとう……と言うべきなのかしら」

「礼は不要だ。その代わり、夫ともども、きちんと罪を償ってほしい。もし、次に僕か、僕の周りの誰かに何か起きたら、そのときは決して容赦しないから」

聖鷹は淡々と言った。

「……桜小路の資産は多すぎて大変ね、また、なんのきっかけで誰かに命を狙われるかもわからないもの」

小鳥が囀るような声で、微笑みを浮かべながら、美沙子はぞっとするようなことを口にした。

「私はただ、父の遺産の話を、何げなく、夫に伝えただけ。『桜小路家の弁護士軍団に操作さえされていなければ、私は父の遺産を一生遊んで暮らせるくらいはもらえるはずだったのよ』って。それから、『もし聖鷹さんが結婚せず、子ができる前に死ぬようなことになったら、腹違いの姉である私にも、相続権があるのよね』……って」

それを聞いて、咲莉にもようやくわかった——彼女は決して罪を犯した夫に悩む哀れな妻ではないということが。

「夫が家にお金を入れてくれないから……だから、せめて、何か子供のために役に立つようなことをしてほしかった。……そうしたら、夫は暴走して、あなたたちを襲うために人を雇ったわ。私にも犯行を手伝わせようとするから、拒んだら、一か月も入院するほど殴られてしまって」

悲しげに言って、美沙子は包帯が巻かれた腕を撫でる。それから、彼女は聖鷹が渡した名刺を大切そうにバッグにしまう。

「働いて、子供の治療費さえ用立ててくれたら、それでよかったのに」

「金の問題じゃないよね？　子供に援助がもっと必要なら、僕に頼めば、弁護士を通じて必要なだけ支援したよ。それだけですんだはずなのに」

彼の言葉に、ふっと美沙子が顔を上げる。

「そうね、聖鷹さんは、快くお金を出してくれたんでしょうね……でも、私……もしかしたら、あなたたちにも、もう少しだけ、不幸になってもらいたかったのかもしれない」

美沙子は優しい笑みを浮かべて、ようやく本音を吐露する。彼女の考えに、咲莉は底知れぬ恐怖を覚えた。

「これまで、いろいろありがとう。父は一度も名前を呼んでくれなかったけれど、あなただけは姉と言ってくれて、本当に嬉しかったわ」

カウンターのそばにいた咲莉にも礼儀正しく会釈をして、美沙子は去っていった。

チリンとベルが鳴り、階段を上る足音が消える。

緊張が解けて、どっと疲労感が押し寄せてきた。

聖鷹は眉間にしわを寄せて、まだドアを見据えている。

いつから気づいていたんですか、と彼に訊ねる気にはなれなかった。おそらく彼にはずいぶん前から、美沙子が黒幕かもしれないということがわかっていたのだろう。

だが、身内であり、しかも彼女には子供がいる。だから聖鷹は、厳重な警戒をして、様々な情報を伝えることで、何度も彼女に警告を発していたのだ。

——もう罪を犯すことはやめてほしい、と。

(美沙子さんには、伝わらなかったけど……)

恩をあだで返すとはこのことだろう。こんなに優しい聖鷹の命を狙うなんてと、咲莉は内心で憤慨していた。

ふと咲莉は気になっていたことを思い出す。

「あの……美沙子さんの珈琲、どうして自分で淹れなかったんですか?」

身内や大切な客が来るときは、いつも聖鷹は自分で淹れている。

おそるおそる訊ねると、聖鷹は咲莉に目を向けて苦笑した。

「ああ……それはね。自分でやると、うっかり毒を入れてしまいそうだったから」

いつもと変わらない口調で言われた予想外の答えに、咲莉は愕然とした。

「……二度目に咲莉くんを狙われる前までなら、もう少し冷静でいられたと思うんだけど。やっぱり無理だよ。何もしていない君を悪意を持って傷つけようとするなんて、ぜったいに許せない」

何時間かあとに効き目が出て、その後は検査をしても痕跡が残らない薬があると聞いたことがある。

有り余る金と豊富な知識を持つ聖鷹が、もし本気で復讐をしようとしたら。

美沙子とは違い、完全犯罪も不可能ではないかもしれない。

「忍耐力の限界だったけど、どうにか堪えた。いちおうさっきの会話は録音したから証拠はあるし、今はこれで我慢する」

彼はエプロンの胸ポケットに差していたボールペンの尻をかちりと押す。どうやらそれは小型のボイスレコーダーだったらしい。用意周到な聖鷹に驚く。

「警察はもう彼女を追ってる。証拠さえ掴めばすぐに逮捕されるだろう。この証拠を取るだけで、穏便に店から出したことを褒めてもらいたいくらいだよ」

呆然としていた咲莉は、ハッとして、慌てて彼のそばに行く。

聖鷹を労るようにして、背後から彼の体に腕を回すと、ぎゅっと力いっぱい抱きついた。

「すごく、すごくえらかったですよ!」

必死の思いで言うと、彼が小さく噴き出した。

「もしかして、褒めてくれてるの?」

こくこくと頷くと、彼が咲莉の腕から逃れ、くるりとこちらを向く。気づけば咲莉は、正面から覆いかぶさるように身を屈めた聖鷹に、ぎゅうぎゅうに抱き締められていた。

「はー、可愛い。邪悪な思考に触れたあとだからかな……咲莉くんの清らかさのおかげで心が洗われるよ」

ため息交じりに言いながら、こめかみや髪に何度もキスをされる。

「お願いですから、その知識は悪いことに使わないで、これまで通り、人助けのために使ってくださいね」

本気で懇願すると、軽く目を瞠った聖鷹がふっと笑う。

「努力する。まあ、咲莉くんがずっとそばにいてくれたら、道を外すことはないと思うよ?」

咲莉は力強く頷く。

——だったら、自分はずっと彼のそばにいる。

そうして、万が一何か起きたときは、聖鷹の名前を力いっぱい呼んで、平凡なこちら側の世界に連れ戻すのだ。

大好きな恋人に抱き寄せられながら、咲莉はそう固く決意した。

【終章　コーヒーで祝杯を】

都心の街路樹が鮮やかに紅葉し、秋色のディスプレイが街に溢れ始める頃。

事件が解決したあと、咲莉は新たな部屋探しを始めた。

さすがにもう店の空き部屋に住むわけにはいかず、かといって、聖鷹の住まいの近くは家賃が高すぎてとても借りられない。しかし、距離の離れた場所に住もうとすれば聖鷹に猛反対されて、互いが納得できるちょうどいい部屋が見つからないのだ。

そもそも、今置いてもらっている彼の自宅は何部屋か余っている。『このままここにいなよ。ミエルも寂しがるよ』と聖鷹から懇願されていて、迷うけれど、恋人になったとはいえ甘えすぎのような気がして悩ましい。

少し前に迎えた誕生日は、プレゼントの希望を訊かれて伝えると、聖鷹が驚くほど立派なケーキを焼いてくれた。更には、夕食には店で出されるようなディナーまで作り、家でミエルとともに祝ってくれて感激した。外食や旅行なども提案されたが、聖鷹と一緒に平和に過ごせるだけでじゅうぶんだからと断った。

今は、家で穏やかに迎えることが何より幸せだという気がしたのだ。

祖母からは図書カードが届き、エリカや鞠子からもあれこれとプレゼントが送られてきた。皆川からも渡されてしまって恐縮したが、皆の気持ちが嬉しかった。

いっぽう、聖鷹との恋人関係に関しては、あれ以来ほとんど進んでいない。

咲莉が二十歳になったら……と言っていた彼は、事件が起きた婚約披露パーティーの夜に待ち切れずに自らの誓いを破った。誕生日はまだ先だったけれど、はっきりと想いを告げて、咲莉にキスをしてくれたのだ。

しかし、初めて恋をした咲莉は、彼からの濃厚な口付けに翻弄され、あろうことか、キスだけで達してしまった。足ががくがくして立っていられないほどになった様子を目にした聖鷹は、どうやら考えを変えたらしい。

『急ぐ必要はないんだから、ゆっくり進めよう』と言われて、日常的にキスはされるものの、あの夜のような激しい口付けはめったにしてこない。

とはいえ、呆れられてしまったのだろうかと不安に思うことはなかった。

真犯人が捕まり、予約してあった結婚式場と注文した結婚指輪をキャンセルしようとしたときだ。聖鷹は「せっかくサイズぴったりのを注文したし、この指輪は買おうよ」と言い出したのだ。

だが、婚約指輪はすでに購入済みなので、二つ目のこれは、内側に互いの名前を刻印した結婚指輪なのだ。

「咲莉くんはまだ若いし、すぐに婚姻届を出したいとまでは言わないよ。やりたいことがあるならいつまでも待つつもりはあるから。とりあえずいまは、僕のっていう印を持っていてほしいだけ」と真剣な顔で言う彼に、咲莉は動揺した。

それはまるで、プロポーズの言葉のように聞こえたからだ。

「印なんかつけなくても、誰も取ったりしませんよ？」と慌てて突っ込んだけれど、聖鷹は納得しなかった。

「咲莉くんはわかってないんだよ。有馬にも『あの子は度胸がある』ってやけに気に入られてるし、松島だって未だに店に勧誘してくるじゃないか。鞠子さんも、咲莉くん本気でうちの子にならないかしらっていつも言ってるし、三原さんはうちの孫と交換したいってため息を吐いてる。咲莉くんは僕のなのに皆に可愛がられてて、ありがたいけど困るよ」

と彼は言い張り、今からキャンセルしても代金は戻らないからと説得されて、結局、結婚指輪まで購入することになってしまった。

彼の友人や常連客たちに可愛がってもらえるのはありがたい限りだが、心配する必要などまったくないというのに。

だが、聖鷹の意外にも強い独占欲を知って戸惑いはしたものの、咲莉の心の底からの本音では、困る気持ちはほんのわずかだった。

片想いしていた相手が、願っていた以上の気持ちを返してくれるのだ。

もはや宝くじに当たったくらいのあり得なさで、目が覚めるたびにこれは夢かと疑ってしまう。

聖鷹から熱烈な愛情を向けられる日々に、咲莉はむず痒いほど満たされた気持ちでいっぱいだった。

そんな中、聖鷹の元に、有馬から意外な連絡が来た。

内容は、取り調べ中の美沙子の夫、陽介について、新たな事実が判明したというものだった。

二十二年前、聖鷹の父たちが別荘に集まって亡くなったときのことだ。なんと、その当日は、陽介が以前経営していたケータリングサービスの会社から料理を運ばせていたらしい。手配をしたのは当時から執事として桜小路家で采配を振るっていた皆川だったが、彼もさすがに気づかずにいたようだ。

まだ二十代だった陽介はその頃、すでに美沙子と交際していたそうだが、当時、警察が捜査したときにはそこまでは突き止められなかった。

しかし、陽介は桜小路鷹重が彼女の実の父親であることを、当時から知っていたのかもしれない。そして、もし鷹重が死んだら、美沙子にも億を軽く超える遺産が入るであろうことも。

陽介本人は否定しているそうだが、これで、美沙子夫妻は鷹重の死にも関わっていた可能性までもが出てきた。

二十年以上も前とはいえ、七人もの命が奪われた事件だ。すでに美沙子は任意で事情聴取を受けている。陽介にも彼女にも当時のことを含めて、改めて詳しい捜査の手が伸びるだろう。

「――よし。やった、完成！」

さんざん見直した原稿が完成して、咲莉は思わず声を上げた。

咲莉のパソコンは、犯人に投げつけたときに壊れて、最悪なことにデータまでもが消えてしまった。ありがたいことに聖鷹が新しいパソコンを買ってくれたので、それからずっと消えてしまった原稿をせっせと書き直していた。

一度は絶望したものの、話の筋は頭にあるため、ブラッシュアップしつつ書き足すことができて、むしろいい感じにまとまった。不幸中の幸いだ。

全文書き直しを余儀なくされて一度は諦めかけたが、余裕を持って賞の締め切りまでに送れそうだ。

今日は店が休みの日で、二コマだけ入っていた講義を終えて昼過ぎに帰宅してから、咲莉はずっとその原稿を読み直していた。

（ああ……感無量！）

プリントアウトし終わった紙原稿をまとめ、感慨深い思いで見つめる。投函前にもう一度見直さなければと思いつつ、うきうきと紐でとじる。

ふいに「できたの？」と背後から声をかけられて、咲莉はヒッと息を呑んだ。

恐々と背後に目を向けると、部屋のドアが開いていて、トレーにマグカップを二つ載せた聖鷹が立っている。足元にはミエルがまとわりついていて、彼の脚に尻尾を絡めている。

「ごめん、そんなに驚くと思わなくて。ちゃんとノックしたんだけど、聞こえてなかった？」

困り顔で言われて、原稿が完成した喜びでまったく周りの音が聞こえていなかったようだと気づく。

「す、すみません、ちょっと考え事してて」と慌てて謝り、さりげなくプリントアウトした紙の束の上にファイルを載せて隠す。

ありがたくカフェオレのカップを受け取る。いい香りに癒やされていると、「完成したなら僕も読みたいな」と何げなく言われて、咲莉は思わず飲みかけたカフェオレを噴き出しそうになった。

「な、な、なにをですか……？」

咲莉は必死で平静を装おうとする。

小説を書いていることや、今書いている作品の主人公が聖鷹をモデルにしていることは、もちろん彼には伝えてはいない。

というか、それはぜったいに知られてはならない極秘事項だ。

「咲莉くん、小説書いてるよね？」

咲莉が目を剥くと「出版社に投稿してるんでしょ？　よく『投稿ガイド』っていう本を読んでるし」と続けて指摘される。

「もしかして、秘密だったの？」

狼狽えている咲莉を見て、聖鷹は不思議そうだ。

なぜ、彼が咲莉の密かな趣味を知っているのか。

おそるおそる訊ねると、聖鷹は「だって、いつも空き時間があればノートにメモしたり、パソコンに齧りついて何か書いてるし、そもそも、店の休憩時間はバックヤードにパソコンを開きっぱなしで置いてたじゃないか」とやや呆れ顔で言われる。

確かに、咲莉は普段、店でのバイトの休憩時間が余れば、時間を惜しんで原稿を進めていた。

店が混んできたら休憩時間の途中でもすぐに店に出るようにしていたので、もし彼が見ようと思えば見ることもできたかもしれない。

もしかしたら、読まれてしまったのだろうか。涙目で見上げると、「勝手に読んだりしないよ」と慌てて言われたけれど、すでに今の段階で、恥ずかしさで死にそうだ。

「聖鷹さんにお見せするのは、ちょっと……」

「えっ、恥ずかしいの？　でも、それ出版社に送るんだよね？　もし賞を取ったり、デビューしたりしたら出版されるから、僕だけじゃなくて全世界の人の目に触れるんだよ？　ウェブサイトに投稿とかしてないの？　人に読まれるのに慣れてないのなら、むしろ免疫つけておいたほうがよくない？」

明らかに正論を突きつけられて、咲莉はグッと詰まる。

それに、いったん人に見せることで、自分も作品を客観視できるようになる。論文なども同じだが、更なるブラッシュアップを図れる、と言われて、悩んだけれど、彼の言うこともっともだ。

「もちろん、無理強いはしないけど、いつも楽しそうに熱中して書いてるから、いつか完成したら読ませてもらいたいなと思ってたんだよね」

その言葉で、聖鷹が執筆中は一言も追及せず、完成するまで見守っていてくれたことに気づく。

「あの……本当に、読みたいですか？」

編集者も校正者も通していない素人の小説だ。聖鷹は社交辞令は言わないと思うけれど、それでも念のため、確認せずにはいられなかった。

「うん。だって、咲莉くんが夢中になって取り組んでることだよ？　気になって当然じゃない？」

むしろ不思議そうに言われて、咲莉も覚悟を決めた。

彼に読ませることなど想定しておらず、最終的に、探偵役が聖鷹そのものになってしまったことが悔やまれる。

「実はちょっと、聖鷹さんをモデルにしちゃったかも……」

原稿の束を渡しながら、すみません、と謝罪する。

「へえ、どんなだろう。楽しみだね」と笑う彼は、特に不快には思っていない様子でホッとした。

そうして、恥ずかしながら、一人目の読者として聖鷹に読んでもらうことになった。


どきどきしながら部屋で待っていると、聖鷹が戻ってきた。

文庫本一冊くらいはある原稿だ。早くても一日か二日、読むのが遅い人なら一週間程度はかかるだろう。

それなのに聖鷹は、「僕、読むの速いから」と、どんな読み方をしているのか恐ろしいほどの速読で、十万文字超えの小説を十五分程度で読み終えてしまった。

「ミステリー小説なんだね。恋愛物かと思ってた」

にこにこしながら、彼は丁重な手つきで原稿を返してくれる。

「三回どんでん返しがあって、犯人はかなり意外な人物だし、すごく面白かったよ」

読み終えた彼の感想に、「ほ、本当ですか？」と咲莉はホッとして笑顔になった。

いくつか誤字と誤用を見つけたと、わざわざ付箋を貼ってくれてありがたい。助かります、と礼を言う。

「ところで、この作品はなんの賞に応募するの？」

「××ミステリー大賞です。毎年応募してて」

賞金は一千万円超えで、毎年応募者多数、ミステリー界の登竜門的な賞だ。

「ふうん、ミステリー大賞かあ」

なぜか聖鷹は難しい表情になった。

「あの、何か問題ありますか……？」

腕組みをした彼に、咲莉はおそるおそる訊ねる。

「いや、毎年応募してるって言うから、これまでの結果、もしかしたらあんまりよくなかったんじゃないかなって」

図星を突かれて、咲莉は言葉が出なくなった。

確かに、これまで毎年、咲莉はこの賞の一次で落ちている。中学二年からPCルームのパソコンとプリンターを使って応募し始めて、受験期の二年間を除けばもう四回も送っているというのに、毎回箸にも棒にも引っかからない。

たまにウェブ系のライトノベル大賞の公募に送ると、最終選考まで残ることもあるけれど、このミステリー大賞には一度もかすりすらしたことがなかった。

「どうして、まだ投稿もしていない作品を読んで、これまでの結果がわかるんですか……？」

これが勘ではなく、推理によるものなのだとしたら、彼は名探偵すぎると思う。

「ええと、理由は簡単なことなんだけど。僕も小説読むのが好きだから、そのミステリー大賞でデビューした作家の作品とか、その後の作品とかも全部読んでいるんだよ。だから、なんとなく採用される傾向がわかるというか……」

苦笑した聖鷹の答えは、意外なものだった。

「でも、咲莉くんの小説は、勢いがありつつよくまとまっているし、恋人の欲目を抜きにしてもすごく面白いと思う。賞が取れるレベルに達している気がするけど、正直言って、ミステリー大賞とは傾向が違うんじゃないかなと思うよ」

「じゃ、じゃあ、どこに応募すべきなんでしょう？」

切実な気持ちで教えを乞うと、彼は自分のタブレットを持ってくる。このあたりか、もしくはこのあたりはどう？と大手出版社の新人賞を検索して見せた。

――彼の提案は、児童文学とライトミステリーの賞だ。

「この二つだと、児童文学のほうがより合っていると思う」と言われて、それに添うような改稿案をざっくりと提案される。

児童文学賞の締め切りは、一か月後だ。

咲莉は悩み、そのレーベルの児童文学と、同じジャンルの人気作を図書館で読み漁った。その末に、聖鷹の提案に沿って全力で改稿を進めることを決意したのだった。


年の瀬が迫り、クイーン・ジェーンは年末年始の休業に入った。

三十日は、聖鷹と一緒に咲莉の実家に戻って、祖母の手料理をたくさんいただいてきた。聖鷹は咲莉とのことを祖母に伝え、『将来のことも真剣に考えているので、交際を許してほしい』と言ってくれた。祖母は驚いていたが、『ちゃんとした人みたいだし、ひーくんが好きな人なら』と、意外なほどすんなりと二人のことを受け入れてくれた。

大晦日《おおみそか》から元旦は彼の自宅でミエルとともに年越しをした。三日には鞠子とエリカが遊びに来て、少しだけ顔を出した有馬と皆で簡単なパーティーをしてと、いつになくにぎやかな楽しい新年だ。

学生時代はあっという間で、春になったら就職活動を始めなくてはならない。

リクルートスーツは鞠子がどうしてもと言ってオーダーメイドで仕立ててくれた。祖母がその礼にと鎌倉に山盛りの野菜を送り、料理好きな鞠子は大喜びで、意外にも祖母と電話で話す仲になったようだ。

そうして二月半ば、咲莉は大学三年に無事進級した。

桜の開花とともに、着慣れないスーツを着て、会社説明会に参加する日々が始まった。

夕方からはクイーン・ジェーンでバイトだと、スーツ姿のまま店に向かっているとき、咲莉のスマホが震えた。

就職活動関係のメールかなと思い、何げなく道端でそれを開く。

読み終えた咲莉は走り出し、いつもと変わらず、外からは喫茶店があることがわかりにくい店の扉を開けた。

「き、聖鷹さん！」

客に珈琲を出していた聖鷹が、目を丸くして顔を上げる。

「どうしたの!?　何かあった？」

急いでカウンターまで戻ってきた彼が、心配そうに訊ねてくる。

「俺……、さっきメールが来て、去年投稿したあの小説、入選したって……っ！」

「入選！　すごい、やったじゃないか！」

聖鷹が目を輝かせて咲莉の手を握る。

常連客たちにも聞こえたらしく「あらあら、何かしら？」「咲莉くんが入選らしいわ、きっと絵か和歌じゃない？」「おめでたいわねぇ」とにこにこしながら拍手してくれる。

期待作のため、今後は担当者がついて指導する。次の作品で文庫デビューに向けて頑張っていきましょう、とメールには書いてあった。

講評は『探偵が魅力的で、事件にも新鮮さがあり、現代に相応しい作品でした。いっぽうで表現には稚拙さが感じられる部分があり、語彙力も磨く必要がありそうです』というものだった。表現と語彙力を勉強せねばと噛み締めながら、胸に刻み込む。

――信じられないくらいに嬉しい。

この店に足を踏み入れて、聖鷹と出会ってから、いいことばかりだ。

「聖鷹さんのおかげです」と震える声で言うと「何言ってるの、全部君の頑張りのおかげだよ！」と聖鷹は満面の笑みだ。

「今店内にいる皆さん、祝い事があったので、今日のお会計は無料にさせてもらいますね！」

唐突に聖鷹が声を上げる。八割ほど席を埋めていた店内の客が、わあっと歓声を上げた。そんなサービスは初めてで、ぎょっとした咲莉は慌てて彼をバックヤードに引っ張った。

「き、き、聖鷹さん、いいんですか!?」

「うん、もちろん。幸せはおすそ分けしなきゃ」と言って、珍しくはしゃいだ様子の彼が、片方の目をパチンと瞑ってみせる。一瞬呆気にとられたあと、咲莉も頬をほころばせた。

「感激してる咲莉くんを見てたら、僕も幸せな気持ちになるんだ。君とずっと一緒にいられたら、人生が違ったものになりそう」

両手を繋がれて、額にそっとキスをされる。

「咲莉くんが見ている綺麗な世界を、僕も一緒に見たいな」

その言葉に、一瞬涙が出そうになって、咲莉は慌てて笑顔を作った。

自分が見ている世界は平凡で、特に美しいものではないと思う。

——でも、もしも自分が、少しでも彼に希望を与えられるなら。

「……さ、お客さんが待ってるから戻らなきゃ。きっと、追加注文が山のように来るよ」

店に戻る聖鷹を見て、慌てて制服に着替えるため、咲莉は奥の部屋に入る。

すぐ店に出ると、手を上げている客がいて「はい、ただいま伺います!」と咲莉は急いで向かった。「お祝いってなあに?」「なんだかわからないけど、おめでとう!」とあちこちから言われて、咲莉はそのたびに満面に笑みを浮かべて礼を言う。

カウンターに戻って追加オーダーを作り始めた聖鷹は、ご機嫌な笑顔でてきぱきと手を動かしている。いつものカウンターそばの棚の上ではミエルがまったりと寝ていて、尻尾をゆらゆらと揺らしているのが見えた。
自分の幸福を我がことのように喜んでくれる人が、ここにいる。
――やっと、自分の居場所を見つけた。
大好きな人のそばで、咲莉は夢の一歩を踏み出した。

END

＊　あとがき　＊

この本をお手に取って下さり、本当にありがとうございます！

今回は少しミステリーっぽい現代もののお話になりました。超絶イケメン店主がいる美味しい珈琲のお店で、ちょっと行ってみたいと思ってもらえたらいいなと思います。

ありがたいことに続編を出していただける予定なので、次はぜひとも、婚約したのにまだ結合していない二人の距離を近づけねばと思っております。あとエリカと有馬については、エリカが攻めなのでよろしくお願いします！（何をだ）

今回もみずかねりょう先生が素晴らしいイラストを描いて下さいました。現代もののイラストを描いて頂いたのは初めてなのですが、ものすごく素敵で感激しております、本当にありがとうございます……！　続編のイラストも今からも楽しみにしております。

担当様、今回もご迷惑おかけして申し訳ありません、丁寧に見て下さり本当に感謝です。

それから、この本の制作と販売に関わって下さったすべての方にお礼を申し上げます。

そして、読んでくださった皆様、本当にありがとうございました！

無事に続きの本が出ましたら、ぜひまたそちらでもお目にかかれたら嬉しいです。

二〇二三年七月　釘宮つかさ【@kugi_mofu】

プリズム文庫をお買い上げいただきまして
ありがとうございました。
この本を読んでのご意見・ご感想を
お待ちしております!

【ファンレターのあて先】
〒153-0051 東京都目黒区上目黒1-18-6 NMビル
(株)オークラ出版 プリズム文庫編集部
『釘宮つかさ先生』『みずかねりょう先生』係

プリズム文庫

喫茶探偵 桜小路聖鷹の婚約

2023年08月30日 初版発行

著　者　釘宮つかさ
発行人　長嶋うつぎ
発　行　株式会社オークラ出版
〒153-0051 東京都目黒区上目黒1-18-6 NMビル
営　業　TEL:03-3792-2411 FAX:03-3793-7048
編　集　TEL:03-3793-6756 FAX:03-5722-7626
郵便振替　00170-7-581612(加入者名:オークランド)
印　刷　中央精版印刷株式会社

Printed in JAPAN　ISBN978-4-7755-3018-4